TROLLJÄGARENS DOTTER

Ur Byrån för ovanliga händelsers arkiv 1

Trolljägarens dotter

HÅKAN BORG

Förlag: BoD – Books on Demand, Stockholm, Sverige

Tryck: BoD – Books on Demand, Norderstedt, Tyskland

Omslagsfoto: Linda Axelsson

ISBN: 978-91-8007-611-1

Prolog

De finns där, jajamen, så är det. De finns där och har gjort så i nästan fjortonhundra år. Som en tunn skinande linje mellan svart och vitt, som en svärdsegg mellan hopp och mörkaste förtvivlan.

För länge sedan så var de firade hjältar, sådana som fick guld och prinsessor i belöning för sitt hårda arbete. Många föräldrars högsta önskan var då att få lämna sina treåriga barn för utbildning hos detta mystiska sällskap. När väl striden pågått i tusen år var mörkrets makter jagade från människornas boningar och en känsla av trygghet började sprida sig. En känsla som blev starkare ju längre tiden led.

Den industriella revolutionen började på 1800-talet och många människor flyttade in till städerna. Då försvann också en stor del av kunskapen om de hjältar som fortfarande höll mörkrets krafter borta. Historierna glömdes bort bland betong och industrirök. Hjältarna föll i glömska och kom så småningom att sorteras in under en liten, oansenlig statlig byrå. Där gömdes de sedan undan för att vanligt folk inte skulle skrämmas från vettet. Nu för tiden om någon pratar om dem eller om de mörka krafter de bekämpar så skakar folk bara på huvudet. Omgivningen brukar då säga att

det där är bara fantasier och sagor. Men de finns fortfarande där
ute, jajamen, så är det. De finns där ute för att du ska vara
TRYGG.

1 En nästan helt vanlig dag

Klockan stod på 03:30 när larmet envist började att skramla på det lilla nattduksbordet. Jan Jäspersson förstod först inte varför den börjat låta utan stängde av den med ett försiktigt fingertryck. Han fumlade åt sig den tegelstensliknande mobila telefonen som företaget försett honom med och de digitala siffrorna påminde honom om vad han hade framför sig. Han var kallad på morgonmöte på huvudkontoret. Jan suckade djupt och blängde på de lysande siffrorna, två timmar, han hade sovit i två timmar. Han var en kvällsmänniska och gillade verkligen inte att gå upp efter bara en liten tupplur. Med en trött suck kastade han benen över sängkanten och stirrade dystert mot fönsterrutan. På det inte allt för rena fönsterglaset letade sig rännilar av vatten ner mot fönsterblecket. Det regnade fortfarande ute och i det moderna och energisnåla smutsgula ljuset från den ensamma gatlampan såg det ännu mera dystert ut än det borde. Han muttrade irriterat och klev upp för att starta sin dag. På väg till toaletten gick han förbi den slitna soffan och lät handen glida över ryggen på Trumf, Trumf var hans hund och arbetskamrat, en stor grå och ruggig hund med en ytterst oklar stamtavla. Hunden blängde missmodigt upp på hussen men rörde sig i övrigt inte. Han hade jobbat tillsammans med Jan i många år men det här med att gå upp tidigt på morgonen var inte och skulle förmodligen aldrig bli hans grej. Trumf hade dessutom precis blivit torr sedan nattens lilla äventyr så han tyckte att han förtjänade att ligga kvar ett tag till. Vem som helst som hade kommit in i den lilla slitna lägenheten hade märkt den obehagliga "blöt hund" lukten. Den hängde som en slöja i luften och skulle nog dröja sig kvar ett bra tag. Jan tände lampan inne på toaletten och såg sig i spegelns vågiga glas. Han funderade på att raka sig, skit samma tänkte han, det är ändå ingen som bryr sig. Med sina valkiga händer fångade han upp lite vatten som han stänkte i ansiktet. Han suckade igen och drog en hand igenom håret för att få bort avtrycket efter kudden. I spegeln såg han en man som såg ut att vara mellan fyrtio, femtio år med kort, snaggat hår, hakan täcktes för tillfället av ett tredagars skäggstubb som nog fick bli ett fyradagars. Både hår och skägg var svart men började få inslag av gråa stänk. Jag börjar bli gammal, tänkte han för säkert tusende gången. Han var en stor man, nästan två meter lång och med breda axlar och en smal midja. Hans mörka ögon blängde mot honom i spegeln, samma ögon som kunde stirra ner vem som helst.

När han senare satt i köket och väntade på att den bubblande kaffebryggaren skulle bli klar funderade han över nattens händelser. Han hade anlänt till den här dystra hålan i går eftermiddag efter att huvudkontoret kallat ner honom från de uppländska skogar som var hans vanliga arbetsplats. Morgonmöte hade de sagt, kom hit det är viktigt. Han hade precis anlänt till huvudstaden när den mobila talenhet, det var vad han kallade sin mobiltelefon, hade ringt. Det var chefen som ville att Jan skulle kolla upp en liten sak i Humlegården. Jan var förvisso ingen scout men han var alltid redo, något motvillig, men redo. Hans devis var att det var bättre att ha men inte behöva, än att behöva men inte ha. Givetvis reste han inte någonstans utan att ha hela sin utrustning med sig. Naturligtvis visste chefen att så var fallet. Problemet var i sig enkelt men då det uppstått inne i stan så krävde det lite eftertanke. Ett antal små hundar hade spårlöst försvunnit i Humlegården när de släppt lösa av sina ägare. De i huvudsak blå och gråhåriga damerna som ägt dessa försvunna hundar blev i första hand den lokala polisens problem. Men, då Byrån hade en kontakt inom stockholmspolisen så blev problemet också Byråns. Det var ju trots allt deras ansvar att se efter de Trygga. Vilket i förlängningen gjorde att det blev Jans problem. Muttrande, Jan muttrar ganska ofta; hade han gått med på att kolla läget men han tyckte inte om att de ringde honom så fort han kom till stan.

I gårkväll, när mörkret lagt sig över stan hade han klätt sig i sina jaktkläder och först övervägt att ta med sig sin älskade och kraftiga pilbåge. Muttrande, åter igen, hade han efter ett kort ögonblicks funderande stoppat ner bågen i dess väska igen. Av erfarenhet visste han att Stockholmspolisens personal inte uppskattade att han gick omkring med en kraftig pilbåge över axeln i stockholmsnatten. De kunde vara lite kinkiga på det viset. Han tog istället bara med sig sin långa klinga som han dolde innanför sin stora svarta rock. Med Trumf i koppel och den långa klingan instoppad under rocken vandrade han ut i den upplysta storstadsnatten. Det strilande regnet och den sena timmen borde tömt stadens gator på folk men Jan upptäckt till sin förvåning att det var folk i rörelse överallt.

– Sover aldrig stadsbor, muttrade han för sig själv.

Jan muttrade ganska mycket och oftast för sig själv. Han gillade inte den här staden, eller städer över huvud taget. Egentligen skulle man kunna säga att han inte gillade ställen där det fanns mycket folk. Jans bestämda uppfattning var att folk fanns det för många av. Vanliga människor kallades för Trygga inom Byrån och det var dessa människor som Jan hade extra svårt för. Han kunde inte förstå varför de Trygga alltid skulle ha en åsikt, även om de inte hade någon kunskap om saken. Det var alltid samma sak, de hade en bestämd åsikt men fattade aldrig hur det egentligen låg till. Varför det skull vara så viktigt att ha en åsikt om saker man ändå inte begrep hade han aldrig förstått. Med de Trygga, de hade alltid en åsikt. Jodå, så var det, ingen kunskap men lika förbaskat skulle de absolut tycka till om saker och ting. Ibland ville han förklara för dem hur lite de egentligen visste men det skulle bara få dem att bli panikslagna och rulla med ögonen som tokiga kor, han suckade och avslutade sina tankar. De hade kommit fram till den lummiga parken där Linné stod staty. Hans första tanke hade varit att släppa Trumf i mörkret och låta honom göra sitt jobb. Till hans frustration så var hela förbaskade parken upplyst av moderna och energisnåla men fult smutsgula gatlampor. De fick gå en god stund innan han hittade en del av parken där gatlamporna var trasiga och mörkret härskade. Med en lätt hand kopplade han loss den stora hunden som genast satte nosen i marken och försvann in bland de prunkande rosenbuskarna. Trumf sprang i stora cirklar precis som han brukade göra när han sökte av marken i skogen hemmavid. Det tog inte många minuter innan han försvann in i en stor rododendronbuske med en dov morrning. Jan var tvungen att erkänna att han blev ganska så förvånad när en klumpig hasselbackare klampade ut ur busken. Den dreglande besten var förvisso ganska liten men skulle ändå skrämma vilken Trygg som helst från vettet. Besten stånkade och pustade när den försökte ta sig förbi mellan Jan och Linné. Jan kastade undan sin kraftiga rock och drog sin blanka och mycket skarpa klinga. Med ett par snabba steg stängde han vägen för det fula odjuret som i oförstånd då försökte bita honom. Jan hoppade undan men halkade till lite när han tog mark och ett litet mellanrum mellan statyn och honom bildades. Den gråa besten tog genast sats och klampade in i mellanrummet. Trumf kom i samma ögonblick rusande ut ur rododendronbusken med blottade tänder och ett ilsket morrande som mullrade långt nere i hans hals. Det fula odjuret blickade för en sekund bakåt som för att avgöra om hunden var ätlig eller inte. Det var också det sista misstaget den fula besten gjorde i livet. Jan som återfått balansen gjorde bara ett kort utfall. Han tryckte svärdets spets genom sidan på besten. Det fula hasselbackstrollet hickade till och drog sig sedan ihop till en stenliknande boll. Mellan Linné och en liten kiosk låg nu en oval sten och gungade förstrött. Jan drog snabbt ut sin klinga innan trollet förstenades. Något som Trygga inte hade en aning om var att väldigt många av de stenar som låg planlöst utslängda i naturen var förstenade kadaver efter olika typer av troll. De var stumma bevis på att Byråns anställda gjorde sitt jobb. På morgonen skulle en av parkförvaltningens mellanchefer få ett samtal från ett okänt nummer. Ordern från, vem det nu var, var att stenen som låg felaktigt placerad i Humlegården skulle flyttas och läggas i hörnet av Karlavägen och Sturegatan.

Kadavret efter det fula hasselbackstrollet skulle med andra ord bli en permanent del av trafiksäkerhetsarbetet i Stockholms innerstad.

I det tilltagande regnet kopplade Jan Trumf och de två gamla jägarna började långsamt gå tillbaka mot den sunkiga lilla lägenheten igen. Jan klappade den stora hunden över ryggen samtidigt som han blängde på en yngling med trasiga jeans och tuppkam i håret. Med en bister min skakade han på huvudet och muttrade något om konstiga människor. Ironisk nog tänkte ynglingen exakt samma sak när han såg på den store mannen som var klädd nästan helt i svart läder. Jan såg sig omkring och upptäckte att det faktiskt fanns fler människor i närheten. De hade varit ett tjugotal meter ifrån en trolljakt utan att förstå någonting. Den där fulingen som Jan nyss dräpt var ett tydligt exempel på okunskap bland de Trygga. Någon smarting hade förstås varit ute i skogen och hittat en extra fin "sten" som passade fint i samma smartings trädgård. Det var oftast så de spreds, någon hittade ett ägg i skogen och tog med det till sin trädgård. Han reflekterade inte ens över att trollägg faktisk nästan var omöjliga att skilja från riktiga stenar. Byrån hade oftast en ganska bra koll på var hasselbackare höll till men då och då dök de upp på oväntade platser. Det var nästan alltid så att någon Trygg plockat med sig ett ägg hem för att det skulle passa bra som dekoration. Han förstod dem inte, det stod till och med inskrivet i allemansrätten att man inte fick plocka stenar i naturen. Förstod inte de Trygga att det fanns en anledning till det?

    – Nej, det gör de förmodligen inte, mumlade han surt.

Med en trött suck släppte han tankarna på gårdagens lilla äventyr.

Han tyckte dock inte att det var hans uppgift att ta hand om storstadens problem då hans eget distrikt låg långt in i Upplands mörka skogar. Kaffet hade runnit ner och han hällde upp en kopp och satte sig i den knirkande stolen igen. Det var dags att åka till kontoret. Med en sista sur blick på fönstret där vattnet fortfarande rann i små rännilar stjälpte han i sig kaffet och suckade ytterligare en gång.

Den lilla lägenheten i stan tillhörde inte Jan, utan ägdes av det statliga företag han jobbade för. Det var en sliten liten etta som varken var särskilt hemtrevlig eller inbjudande, men det var åtminstone tak över huvudet när han var tvungen att sova i den här hemska hålan. Det hade förmodligen inte spelat någon roll om det hade varit en lyxlägenhet med utsikt över hela staden och med alla typer av moderna bekvämligheter. Jan hade aldrig trivts särskilt bra i Stockholm, eller som redan nämnts, i någon stad eller på platser där det var mycket folk. Folk i allmänhet var något Jan tyckte det fanns alldeles för många av, han gillade dem inte helt enkelt. Speciellt Trygga hade han svårt för, alltså det vanliga och enligt Jan okunniga folket.

Han hade alltid tyckt att de Trygga var naiva viktigpettrar som var så förbaskat noga med att allt skulle vara på ett visst sätt hela tiden. De få som kände Jan skulle nog inte lägga så stor skuld på de Trygga, utan mer hänvisa till att Jan inte var bekväm med folk i allmänhet. Han var något av en tjurskalle helt enkelt.

Jan var en ganska stor man, nästan två meter lång och med en mycket bred bringa, som gjorde att han såg skräckinjagande ut i de Tryggas ögon. Nu var det så att nästan alla av hans arbetskamrater, eller kollegor skulle nog passa bättre att säga, såg ut på ungefär samma sätt. Det var ett måste att vara vältränad i Jans yrke, var man inte vältränad var man snart inte i livet längre. Jan log väldigt sällan och skrattade aldrig, eller nästan aldrig. Han skrattade hur som helst inte särskilt ofta. Jan var inte en man som man skojade med hur som helst. Han hade säker någon form av humor men de flesta skulle helt enkelt inte våga försöka få honom att le genom att skoja med honom. Hans kollegor hade stor respekt för hans yrkeskunnande, men ingen skulle kalla honom för sin nära vän. Inte så konstigt när man tänker efter, Jan hade inga nära vänner.

När frukosten var avklarad drog Jan på sig sin stora svarta skinnrock, en ful hatt och ett par kraftiga, höga kängor som slutade strax nedanför knäna. Det här var vad som kunde bettrakas som Jans civila kläder. Det var i princip samma kläder som hans rustning men utan metallplattor och diverse nitar.

Med en sista ogillande blick på regnet hukade han sig och gick ut till sin bil. Det var en vit, nästan alltid skitig Landrover av årsmodell 1969. Motorn starta med ett vrål så fort han vred om nyckeln. Vindrutetorkaren slog några slag över vindrutan och kletade ut regnvattnet ytterligare innan han lade i växeln och rullade iväg. I ett och annat fönster på den lilla innergården tändes lamporna då mer än en granne väckts av bilens vrål. Det var i alla fall skönt att han slapp morgontrafikens hopplösa köer. Han körde vidare mot kontoret där dagen startade 05:00 med frukostmöte. Det var ett möte som dock aldrig någonsin innehöll någon form av frukost. Det innehöll däremot alltid frågor som skulle få vilken Trygg som helst att förlora förståndet av rädsla och förtvivlan. Det var också ett möte som Jan sällan var på då han oftast var ute vid sin gränsstuga.

Huvudkontoret låg inom Stockholms gränser men inte mitt i staden. Nej då, det låg så långt från stadskärnan som möjligt. Efter ett antal avfartsvägar där vägen blev smalare efter varje sväng låg det väl gömt i slutet av en illa skött grusväg. Regnet piskade ner i den lerblandade välling som skulle föreställa byråns parkering. Jan drog rocken över huvudet och sprintade in i den blekt upplysta entrén. Bakom honom kom Trumf lufsande med huvudet sänkt mot det piskande regnet.

I det lilla båset vid ingången till det synnerligen oansenliga huset mitt ute i ingenstans satt Gudrun och filade på sina redan perfekta naglar. Gudrun var en av de vidsynta som jobbade för byrån utan att någonsin komma i kontakt med det de faktiskt jobbade med. Hon tog bara hand om det administrativa, samt såg till att byråns anställda kom och gick på de tider de skulle. Hon var till skillnad från byggnaden väldigt färgglad. Med klarblå ögonskugga och knallröda läppar skötte hon in och utpassering med järnhand. Ingången och väntrummet var hennes domäner. Över entrén stod **Stadskontoret för Byråkratisk ordning** i stora, stålgrå bokstäver. De satt fastskruvade på den lika stålgrå fasaden. Det här var med andra ord ett hus dit ingen någonsin sökte sig. Var det någon som av en slump skulle hitta det så var det definitivt ett hus de inte ville gå in i.

– God morgon Gudrun, hasplade Jan ur sig när han brakade in genom dörren.

– God morgon Jan. Möte i lilla aulan om 20 minuter, sa hon utan att för ett ögonblick släppa sina naglar med blicken.

– Har det hänt något nytt? frågade Jan samtidigt som han snabbt kontrollerade anslagstavlan där gräns och händelsekartan, en karta som visade vad som hänt under den senaste natten, satt.

Gudrun sneglade upp från sina naglar och sa:

– Nej, inte direkt, men det rör på sig vid gränsen mot svarta skogen, dina trakter om jag inte har helt fel. Det kan vara vad som behandlas på mötet i dag, du kanske får lite att göra igen.

– Ibland vore det bättre att inte vara vidsynt utan ingå bland de Trygga, muttrade Jan med en ogillande min i sitt redan bistra ansikte.

– Du vet mycket väl att den möjligheten inte finns när det gäller dig svarade Gudrun och skrattade lätt.

En gång anställd av byrån, alltid anställd av byrån, så är det. Dessutom är det ingen annan som klarar av vad du och Trumf brukar fixa, lade hon till med ett litet leende. Hennes leende slocknade dock så fort hon lät blicken glida ner mot Trumf. Den stora hunden gjorde sig av med vatten och lera genom att hasa fram och tillbaka över den stora entrémattan. Mattan såg inte längre lika fin ut som den gjort för en liten stund sedan. Ett litet irriterat veck mellan hennes färgglada ögon växte sig allt större ju längre hunden hasade runt.

– Det stämmer inte och det vet du, vi är fem på det här kontoret som gör samma jobb men på olika delar av gränsen. Samtliga borde dessutom vara pensionsfärdiga för länge sedan. Det är bara det att ingen Trygg längre frivilligt lämnar ifrån sig sina barn för utbildning hos oss, kanske det vore bättre att vi lät dem förstå vad det är vi gör här muttrade Jan, fortfarande surt.

Han var precis som sin rufsiga hund ingen större vän av tidiga morgnar.

– Kommer inte att hända, skrattade Gudrun. Och du vet varför. In på mötet nu.

Hon sneglade efter honom när han gick. En stilig karl den där, lite orakad, men stilig tänkte hon innan naglarna åter fick all uppmärksamhet.

Lilla Aulan var precis som namnet antydde litet. Ett rum med sex stolar och en liten upphöjd plattform där chefen satt vid ett litet grått bord som tydligt visade att det varit med ett tag. Chefen, som aldrig kallades något annat än just chefen, var en grå kontorsmänniska ända ut i fingerspetsarna. Han såg ut att vara mellan femtio, sextio år och verkade alltid lite lätt nervös. När hans fem jägare började ta plats tänkte han, för säkert hundrade gången, att dessa män kunde få vilken stol som helst att se för liten ut. Han log försiktigt och fingrade lite på sina stålbågade glasögon. Hans jobb var inte lätt då han var tvungen att dagligen ljuga för sina egna chefer, vilka samtliga var valda politiker och samtliga var Trygga. Skulle han säga sanningen till dem skulle han inte bara bli av med jobbet, utan förmodligen spärras in på mentalsjukhus för resten av livet. Nu hade han haft samma jobb i mer än etthundratjugo år, så han började bli ganska van vid att ständigt balansera på slak lina. Han hade byggt upp ett imponerande nätverk av kontakter inom de flesta av landets olika departement och avdelningar under sin tid som chef. Han hade nästan alltid någon han kunde kontakta när det sket sig för någon av hans jägare ute på fältet. Det var hans jobb att se till att de Trygga fortsatte att vara just Trygga. Just i dag var han på ett ovanligt bra humör, allt såg för tillfället bra ut och inga problem verkade akuta. Det var bara den svarta skogen som hade lite aktivitet, men inga objekt hade passerat gränsen på flera veckor. Naturligtvis var det en liten plump i protokollet att en rackarns hasselbackare hade dykt upp inom hans egna stadsgränser men det var ju löst nu. Han tog ett djupt andetag och började.

– Nu mina vänner, sa han och tittade på sina fem jägare, så är läget följande.

De fem stora männen som satt framför honom kan kräva en kort presentation. De var i tur och ordning,

Anders, den enda som inte var riktigt lika fysiskt vältränad som de andra. Han hade i huvudsak ansvar för storsjön och dess enda större innevånare. Han hade dessutom vanligtvis ett jobb i Byråns sambandscentral där allt från världens alla hörn sammanställdes.

Jan, som vi kommer att följa en tid i den här berättelsen och som du därför får lära känna själv.

Klas, expert på BT, eller bergstroll som det egentligen heter, och övervakningsansvarig för Kebeni Kajse, nordens enda BT. Han jobbade i huvudsak norrut uppe på kalfjället.

Evert, den person som Jan tyckte bäst om av sina kollegor.
Förmodligen för att de hade angränsande ansvarsområden och
brukade ställas inför samma problem.

Rolf, en lite kortare och smidigare person än sina kollegor. Han
var som en rökslinga i skogen och kunde skrämma skiten ur vem
som helst bara genom att plötsligt säga hej precis bakom ryggen på
dem utan att de hört honom komma. Han var ansvarig för den
södra gränsen och var riktigt duktig på så kallade gröna problem,
vi återkommer till dem.

Chefen fortsatte:

– Anders, Storsjön är lugn och inga nya aktiviteter har
rapporterats. Du får jobba med utbildningen av en lärling som vi
fått in tillsvidare. Händer det något under ytan så får vi snabbt
kalla in dig igen.

Anders såg förvånat, och något besvärat upp från sina papper och
frågade:

– En ny? På riktigt? Jag har inte haft någon lärling på trettio år.
Fasen, hur gammal?

Chefen log och svarade:

– Tolv år, hon har gått hela grundutbildningen så det är dags att
hon får se vad som händer på fältet. Hon heter Lisa förresten.
Klas, du tar skogsgränsen norrut och kollar spår. Kebeni har inte
visat någon aktivitet alls enligt våra mätningar och vi har ju trots

allt ett helt kontrollrum som håller koll på den. Du kan behöva komma ut ett tag. Evert, bergen vid Vidafors och vidare ner mot Svarta skogen. Du få bestämma lite själv hur du gör, det är ditt område så du vet bäst. Rolf, hela träskområdet nere vid Hycklinge samt norr ut mot Kisa. Vi har inga rapporter därifrån, men de gröna är aldrig att lita på så ta en titt, och var försiktig, tillade han.

– Jan, gränsen mot Svarta skogen och vidare söder ut hela vägen fram till Vidafors. Du och Evert får komma överens om var ni vill dra linjen, fortsatte chefen.

Jan blängde surt på Evert som sin vana trogen log, vilket han nästan alltid gjorde. Det var faktiskt ingen som någonsin sett honom sur.

– Bäcken vid Löshult, då har vi en klar gräns, muttrade Jan. Evert log och nickade till svar. Jan stirrade irriterat på Chefen och sa:

– Är det inte dags att jag får en lärling snart? Mitt tvåhundrade år på avdelningen närmar sig, så jag räknar med att kunna lämna över till någon annan innan det växer mossa på mig.

Anders viftade med ena armen som en liten skolpojke och hojtade:

– Chefen, jag kan ta övervakningen av Kebeni om det är lugnt vid Storsjön så kan Jäspen ta min lärling!

Anders kallad alltid Jan för Jäspen, något Jan i hemlighet ogillade men trots det aldrig protesterade emot. Chefen såg först länge på

Anders innan hans blick flackade över till Jan. Det såg först ut som om han tänkte protestera men så vek han sig och sa med tankfull röst:

– Vi vill egentligen inte sätta någon lärling på dig Jan.

Ditt humör kan tänkas skrämma bort dem från avdelningen. Du vet vad som hände förra gången.

Jan mulnade och valde att inte svara, även om han mycket väl visste att hans förra lärling redan efter två veckor tillsammans med honom valt att gå som elev vid Drakjägardivisionen, långt nere i Andalusien, istället för på den egna avdelningen. Till största delen berodde detta på Jans tvära humör och ständigt sura uppsyn.

Chefen stirrade länge på Jan med tveksam uppsyn men sa till slut:

– Nåväl. Lisa går med dig, men försök att vara lite trevlig. Hon är bara tolv år så snälla skräm inte bort henne.

Det var så Jan fick en lärling, vilket skulle komma att förändra hans liv totalt. Något han själv än så länge inte hade en aning om.

Mötet avslutades som vanligt med att samtliga inblandade fick en liten skål med avkok från drakägg att dricka. Det var en vedervärdig dryck som byrån försåg dem med för att de inte skulle åldras i samma takt som de Trygga. Sedan var mötet slut och var och en gick för att ta hand om sina uppgifter.

(Här kan det behövas en liten förklaring. Ett drakägg kan bli över tusen år gammalt, Mosar man ett sådant och blandar med kokande vatten så får man liksom en grumlig brygd som gör att människa och djur som dricker den inte åldras lika fort som annars. Faktum är att man åldras väldigt, väldigt långsamt. En vedervärdig smak och en klart tveksam lukt har den men den fungerar. Det här var viktigt för Byrån för ovanliga händelser då det tog väldigt lång tid att träna en jägare oavsett vilken avdelning han, eller hon, skulle jobba på.)

Jan som så här långt hade en, för honom, riktigt bra dag klappade Trumf på huvudet när han kom ut från mötet. Han log sedan mot honom, vilket fick Trumf att försiktigt backa undan då han inte var van vid att husse varken var munter eller kelig. Trumf blängde misstänksamt efter husse när han gick vidare till förrådet för att hämta sin utrustning. För säkerhets skull gick han några meter bakom husse så att husse inte skulle bli känslosam igen. Rustmästare Ernst i förrådet blev inte helt lycklig när han förutom att lämna ut Jans personliga utrustning, vilken alltid var utlagd och klar, också var tvungen att gräva fram en rustning samt en klen båge till ett tolvårigt flickebarn. Det hörde inte till vanligheterna att en sådan utrustning behövdes, så när den väl hämtats från de djupare förråden så krävdes det en hel del fixande och trixande. En luggsliten liten brynja putsades upp tillräckligt mycket för att man skulle kunna kalla det en rustning värdig byrån för byråkratisk ordning. Jan blev tack vare det sen, vilket i sin tur betydde att han därför också blev sur igen. Han muttrade, som vanligt, för sig själv samtidigt som han rotade i ena fickan och tog fram en liten sliten sammetspåse. När han förstulet tittade på den och lät tummen smeka den bleknande sammetsröda lilla påsen fick han en något sorgsen blick för ett ögonblick. Han vägde den lite fundersamt i handen innan han som vanligt lade ner den i botten på sitt pilkoger. Det var där han brukade ha den, som en lyckoamulett. Trumf, som kände av sin husses humör, blev genast lugnare när Jan kom ut ur förrådet då det för honom betydde att det nog skulle bli en vanlig dag på jobbet trots allt. Han kunde inte ha haft mer fel.

2 Lärlingen

Lisa; en helt vanlig flicka på tolv år med mörkbrunt, lite lockigt hår, pigga, nyfikna bruna ögon och en busig uppnäsa med lite fräknar på stod och väntade inne på kontoret när Jan och Trumf kom in. Innan Jan hann säga något alls for flickan förbi honom och kastade sig om halsen på Trumf. Hon började genast rufsa om den styva pälsen på den luggslitna jyckens huvud. Trumf gjorde som han brukade vid sådana tillfällen och ställde sig blick stilla och tittade vädjande på husse.

– Hmm, jag antar att det är du som är Lisa, sa Jan och fortsatte. Jag har förstått att du har gått hela grundskolan för onormala händelser och inte har några föräldrar som kan göra anspråk på dig, stämmer det?

Lisa tittade upp från den rufsiga pälsen på Trumf och nickade.

– Jag fick VG på allt utom BT. Den kursen fick jag bara G på, sa hon för att sedan lägga till, och MVG i gymnastik.

– Bergstroll finns väl i alla fall inte i vårt distrikt så den var inte så viktig tycker jag, fortsatte hon.

Jan som sin vana trogen surnade till när någon tog något för givet utan att veta säkert sa bara:

– Kom, vi ska kolla på en sak innan vi börjar.

Han tog med sig Lisa genom en lång korridor och vidare nerför två långa trappor för att avsluta med att åka hiss ner långt under husets källare. Där tornade två enorma ståldörrar upp sig i ett i övrigt helt tomt rum. När de tunga ståldörrarna gled upp helt ljudlöst sa han:

– Välkommen till drift och övervakningscentralen för onormala händelser. Hit kommer du förmodligen inte så många gånger under din tid här. Här sköter utvalda personer ledningen av vår verksamhet samt övervakning av ditt G, nordens enda BT. Du kanske skulle ha varit lite mer uppmärksam på den kursen i alla fall.

Han kunde inte för sitt liv förstå hur någon kunde slarva med den kanske viktigaste kursen av alla. Har man någon gång läst om de katastrofer som händer när ett bergstroll vaknar, så borde man förstå att den kursen var superviktig. Här kan det vara på sin plats med en liten förklaring igen. Ett BT, eller bergstroll som det egentligen heter är det största typen av problem som Byrån för ovanliga händelser har att tampas med. De gigantiska bestarna finns beskrivna i myter och historier sedan människans första nedtecknade historia. De brukar oftast beskrivas som jättar eller guds straff. Det lustiga är att de finns lite överallt och syns tydligt, ändå ser de Trygga bara berg när de tittar på dem. De har helt enkelt förlorat förmågan att se vad deras ögon visar dem.

– Det här är Anders, Jan pekade på en man inne i det stora
rummet, Anders förklara för Lisa vad det är vi gör här.

Anders som satt framför en enorm uppsättning av dataskärmar och
informationssystem vred runt stolen och sa:

– Hej Lisa, kul att träffas. Det här är det stället dit Esrange
skickar all data om Kebeni Kajse, vårt enda livs levande bergstroll
i den här delen av världen.

Om någon Trygg skulle råka läsa det här så kanske det är på sin
plats att berätta att Esrange, som i vanligt tal är känt som en
uppskjutningsstation för rymdfarkoster, egentligen har som
huvudsaklig uppgift att övervaka och bedöma eventuella
förändringar i Kebenis sömnstatus. Det borde vara uppenbart för
alla att en rymdstation som bara skjuter upp små plutteraketer inte
behövde ha ett så enormt område avspärrat för den Trygga
befolkningen.

Lisa som trots att hon gått genom hela grundskolan för Vidsynta
barn stod helt tyst och häpen med händerna fortfarande inflätade i
Trumfs rufsiga päls.

– Men, det är ju ett berg, flämtade hon utan att riktigt veta vad
hon skulle tro.

Anders skrattade högt och svarade:

– Lite Trygg är det allt fortfarande i dig. Nej, Kebeni har förvisso sovit i över tolvhundra år så det är inte så konstigt att han betraktas som ett berg i de tryggas värld. Men nej, han är fortfarande vid liv och vi räknar med att han kommer att vakna inom två, trehundra år. Det kan vara när du fortfarande är aktiv som jägare. Då blir det förmodligen det svåraste du någonsin ställts inför. Att fälla ett ilsket och nyvaket bergstroll är inget som är lätt inte. Senaste gången vi på avdelningen hade med ett sådant att göra var i Mexiko och det var ingen snygg historia.

– Men, men, stammade Lisa. Mexiko var väl en jordbävning? Det sa de på nyheterna ju.

Anders flinade mot Jan, blinkade och sa:

– Den du, den får du nog lära om från grunden he he, det blir något för dig att bita i Jäspen. Han vände sin blick mot Lisa igen,

– Nej du, det finns över huvud taget inget som heter jordbävning i vår värld. Allt som gör att jorden rör sig är bergstroll. Det finns fortfarande över hundra kvar och man kan bara försöka ta dem när de är vakna, vilket inte är så ofta, eller så länge. Äter mycket gör de när de vaknar, så mycket folk brukar stryka med. Innan de somnar igen hinner vi ofta inte samla tillräckligt många jägare så vi kan sällan fälla dem. Skulle vi skicka en eller två jägare skulle vi bara få lediga tjänster på avdelningen så det är inte lönt. Det blir mest att övervaka och varna de Trygga när trollen börjar vakna så att de kan sätta sig i säkerhet. Det fungerar tyvärr inte alltid som vi tänkt. Mexiko var en katastrof på alla fronter, något som vi ska försöka att undvika i framtiden. Vi förlorade alla mexikanska jägare under den bedrövliga händelsen. Nu får vi skicka folk från USA för att ta hand om eventuella problem tills nya lärlingar kan utbildas och ta över där nere.

Lisas ögon pilade runt i den stora lokalen, det fanns så mycket att se. Det satt stora skärmar som visade olika berg runt om i världen och under varje skärm blinkade en serie siffror. Förutom Anders så satt det flera personer längre in i lokalen. De flesta bar träskor och vita rockar. Jan som såg vart Lisa tittade sa:

– Varje central övervakar samtliga bergstroll. Det ser likadant ut på alla centraler. Vi försöker hjälpa varandra att hålla koll på dessa bestar. Missar en av centralerna att någon av dem börjar vakna så finns det andra centraler som kan slå larm. Han pekade på en skärm som visade en snötäckt bergssida, Kebeni den andre. I Lisas ögon såg han bara ett stort frågetecken så han rättade sig och fortsatte, K2, de Trygga kallar honom för K2. Vi brukar kalla honom den sittande. Titta noga och du kan faktiskt se hans ansikte. Lisa stirrade med förvirrad min på den flimrande skärmen.

Hon vred lite på huvudet från sida till sida och fick en rynka mellan ögonen. Han hade rätt, hon såg faktiskt bestens ansikte. Den hade lutat huvudet bakåt och sov med vad som såg ut som en spetsig mössa på huvudet.

Jan tittade på Lisa igen och sa med lätt irritation i rösten:

– Vi går upp, vi har ett område att se över och lyckligtvis för oss båda så är det mest hasselbackare som finns i de trakterna.

Den gamla Landrovern satte fart norrut mot det som inom Byrån kallades den Svarta skogen. Jan körde och Lisa satt bak med armarna runt Trumfs hals. Trumf som på några timmar fått mer tillgivenhet än vad han fått under hela sitt liv tittade förundrat på den lilla flickan som ständigt tycktes trassla in sig i hans päls och insåg att det här kanske inte var så illa. Det var ganska trevligt att få lite uppmärksamhet trots allt. Han lutade huvudet lite prövande mot flickans axel och slappnade av. Med ett försiktigt grymtande som så småningom övergick i öronbedövande snarkningar somnade han i Lisas knä. Det tog inte särskilt lång tid innan den lilla flickan följde hans exempel och somnade hon med.

Långt efter att Lisa somnat stannade Jan vid en korvkiosk. Han stod ute i regnet och åt en bamse med bröd samtidigt som han lät tankarna vandra fritt.

Lutad mot bilen suckade han och blickade dystert upp mot den himmel som verkade envisas med att blöta ner honom så fort han vistades ute. Han blev alltid dyster när hans tankar vandrade i väg mot hans hemliga, stora sorg i livet. Normalt brukade han kunna hålla de dystra tankarna borta med hårt arbete men den lilla flickan som sov bak i bilen gjorde att de kom krypande tillbaka. Han suckade igen när hans tankar vandrade iväg. Det var inte så konstigt, nästan samma ålder och en flicka också. Jag undrar vad hon gör just nu, tänkte han. När han stått lutad mot den skitiga bilen en stund skakade han av sig sina dystra tankar, suckade djupt, och satte sig bakom ratten igen. Bilen rullade vidare i det gråa och trista regnet mot vad som skulle bli början på Lisas stora äventyr.

3 Historia Lisa

Jan slängde en blick i backspegeln och såg att Lisa hade vaknat.
Han bestämde sig för att berätta lite mer om vad hans jobb på
avdelningen gick ut på. Lisa hade gått hela grundutbildningen men
hade inte blivit insatt i vad Byrån för byråkratisk ordning sysslade
med. Hon hade säkert läst om både troll och drakar men vad jobbet
mer konkret gick ut på hade hon säkert ingen aning om.

– Så här är det, började han. Som du vet så kom du till skolan för
vidsynta som treåring och helt utan föräldrar som kunde störa din
utbildning. Hade du inte kommit till oss så tidigt hade du, precis
som nästan alla andra, blivit det som vi inom avdelningen kallar
för Trygg. Det är vanligt folk, de som det är vår uppgift att skydda
mot sådant som de inte förstår och som skulle skrämma dem. Det
är vår uppgift att se till att vanligt folk törs gå ut på natten. Din
grundutbildning handlade egentligen bara om att du inte ska tappa
tron utan fortfarande, även när du blir vuxen, vara vad vi kallar
vidsynt. De Trygga lär sina barn att troll och drakar inte finns, att
det bara är fantasi och sagor. Får ett barn höra det av sina föräldrar
eller av andra vuxna hela tiden så lär de sig snart att inte lita på vad
ögonen säger utan ser vad de förväntas se. När ett hasselbackstroll
försiktigt kikar upp ur ett dike på natten och deras ögon lyser klart

blå, eller, rättade han sig, är det ett stort troll så lyser ögonen i gult.

Ser en Trygg något sådant så hittar deras hjärnor automatiskt på en annan förklaring; det var säker en räv, eller en hjort. De ser inte längre med öppna ögon. För fjortonhundra år sedan skapades byrån i England för att i första hand hantera problemet med drakar som åt upp en stor del av bönderna när de försökte odla sina fält. Många drakar fälldes, många riddare gick också åt. När kungen av England såg vilka stora förluster de hade haft så vände han sig till Europas kungar och hövdingar och ville ha hjälp med att skapa en särskild styrka som specialutbildades för att ta hand om det som kom att kallas onormala händelser. Det tog bara tjugo år så var Byrån för ovanliga händelser något som fanns i alla kända länder och den finns fortfarande kvar, men i mindre skala i nästan hela världen. Det största problemet nu för tiden är att det inte finns många sådana som du, oälskade barn som ingen vill ha och som med fördel kan lämnas till oss för utbildning.

Just här i historieberättelsen såg Lisa lite ledsen ut. Jan fortsatte:

– Du förstår, om ett barn inte kommer in på skolan innan fem års ålder så kommer de automatiskt att bli det vi kallar en Trygg. Man måste helt enkelt lära sig att se allt och inte låta de vuxna bestämma vad som finns och inte. Man måste lära sig att se med öppna ögon, att låta sinnet vara fritt och tro på vad ögonen ser. Till att börja med, Stadskontoret för byråkratisk ordning är inte vårt riktiga namn. Vi, det vill säga Stadskontoret för Byråkratisk ordning är andra, trolljägardivisionen inom Byrån för ovanliga händelser och har hand om trollproblem i Skandinavien. Vi har av någon anledning också hand om storsjöodjuret, som borde varit första, drakjägardivisionens problem men det är tydligen för långt från Andalusiens berg där de håller till. Det är nu inget stort problem då just den här draken inte vill lämna sin sjö. Det handlar mest om bortförklaringar om någon Trygg skulle råka få syn på den.

– Men det är ändå inte rätt, mumlade han lite tystare.

I Norden finns förutom Kebeni, tre sorters troll, hasselbackstroll, kärrtroll samt stenbitstroll. Ja, och lite olika småtroll men de är helt ofarliga. Hasselbackarna är oftast inget stort problem, de har ögon som lyser om natten och är lätta att upptäcka då. På dagen rullar de ihop sig och ser då ut som vilken sten som helst i skogen. Trygga kan gå förbi en hel grupp utan att märka något alls. Jag har sett barn leka och hoppa på ryggen av sovande hasselbackare utan att upptäcka att det inte är riktiga stenar. Hasselbackarna äter oftast hundar, katter, och höns för de Trygga. Ett och annat litet barn kan slinka med ibland men inte så ofta. De är mer irriterande än farliga men vi får inte låta de komma in i de Tryggas värld, det skulle göra deras liv så mycket besvärligare. Kärrtroll är en helt annan historia. De är elaka och väldigt farliga, luktar pyton och rent vedervärdiga att se på. När du vet vad du ska leta efter är lukten det första som avslöjar ett kärrtroll, de luktar död och rutten tång. Kärrtroll äter nästan bara människor och en och annan häst eller ko. Det största problemet är att de är tysta och kan smyga sig på utan att man märker något alls. Plötsligt så tar de bara en stor tugga ur ens ben eller rycker bort en arm. Usch, riktiga otäckingar som sagt. Det finns inte en enda trolljägare som inte tänker sig för två gånger innan man tar sig an ett "grönt problem", ja, vi säger så ibland. Till sist så har vi stenbitarna, det är de största av dessa tre och är inte heller särskilt roliga att ha att göra med. De är när de är vuxna över tre meter höga och väger flera ton. Klumpiga drumlar som utan att blinka kan lyfta av taket på ett hus för att komma åt en människa eller en ko att smaska i sig. Precis som bergstroll så sover stenbitstroll långa tider. Problemet är när de vaknar och rumsterar runt i någon liten gård eller sommarstuga. Vi har svårt att hinna med då. Stenbitarna finns tack och lov inte på fastlandet hos oss utan bara på Ösel, Gotland och Åland.

När Jan tittade i backspegeln igen såg han en brun kalufs och under den ett par uppspärrade ögon som stirrade tvivlande mot honom. Han var inte säker på om hon trott på ett ord av vad han berättat.

– Ok, sa Lisa med en lätt uppgiven ton i rösten. Alltså, jag var lite dålig på bergstroll men allt det här har jag redan koll på. Vi fick lära oss allt om sådant här i skolan. Hur länge sedan var det du gick i skolan egentligen? Jösses stönade hon. Jag sa ju att jag hade mest VG!

Jan som för en stund blivit riktigt munter av att berätta om byråns historia mulnade igen och fick tillbaka sitt vanliga truliga utseende. Trumf hade sedan länge somnat i Lisas knä och mådde bättre än på länge. Snart sov även Lisa igen medan bilen rullade vidare i det tilltagande regnet.

4 Gränsen i regnet

Sent på förmiddagen, i ett nu ihållande regn, sladdade Landrovern in på den leriga och slingriga väg som var gränsen mot den svarta skogen. Vindrutetorkarna jobbade tröstlöst mot det smetiga höstregnet utan att lyckas särskilt bra med att få rutan ren. Jan stannade vid den lilla stuga som hade den märkliga benämningen gränsstuga trettiotvå. Märklig för att det var en av tre gränsstugor längst hela gränsen.

– Trettiotvå, muttrade Jan. Undrar hur många de var på den här sträckan förr i tiden? Det var samma fråga han ställde sig varje gång han kom till stugan. Svaret på frågan som han ställde sig var egentligen ganska enkel. Stugan hade helt enkelt av olika anledningar gått förlorad och byggds upp igen trettiotvå gånger. Det var helt enkelt den trettioandra stugan på den här platsen. Själv hade han varit ensam på hela Svarta gränsen i etthundraåttio år och var van att inte behöva prata med någon annan människa på flera veckor vilket passat honom utmärkt. Han sträckte på sig när någon plötsligt lite sömnigt frågade om de var framme nu. Han hade helt glömt bort lilla Lisa, hans mungipor åkte neråt så att de nådde en helt ny nivå av surhet.

– Ut, muttrade han.

Mest åt Trumf, men även Lisa kravlade sig ut i regnet, sträckte på
sig och gäspade.

– Jösses, vad långt det var, sa hon.

– Jaa, svarade Jan. Men två av oss har sovit i femtio mil och en
har kört, i regn, själv.

Lisa såg lite oförstående på honom innan hon trodde att hon
förstod och sken upp.

– Jag kan köra nästa gång.

Jan suckade trött och sa:

– Skulle inte tro det, in i stugan, båda två.

I leran bara etthundrafemtio meter från stugan regnade samtidigt
två par märkliga spår bort. De ledde från svarta skogen och in mot
de Tryggas marker.

Gränsstuga trettiotvå var precis som alla andra gränsstugor inom
byrån en liten trästuga med en jättestor källare, då menar jag
jättestor! I stugan fanns ett litet kök med en vedeldad spis och en
öppen kakelugn samt två pyttesmå rum med var sin säng. Men
källaren, källaren var stor som en gymnastikhall på en bättre skola.
Den hade skjutbanor, klätterhinder, fäktningsmål och ännu mera
skjutbanor. Den var väl upplyst och rep hängde från taken. Det var
en av de stora fördelarna med att börja som jägarpraktikant, eller
ja, lärling som de sa på byrån. Man kunde träna så mycket man

orkade och allt man behövde fanns i källaren. Med sin lediga hand visade Jan vilket rum som Lisa skulle sova i. Hon såg sig omkring i det lilla rummet samtidigt som hon försiktigt ställde ner sin väska. Det fanns en säng och en spegel samt några garderober. Från det regndränkta fönstret drog det lite när vinden letade sig in mellan springorna. Hon gillade det, fick man bara bort lite spindelväv så skulle det bli riktigt mysigt.

Efter att de lämnat sina väskor i sina rum visade Jan källaren för Lisa. Han hade öppnat en stor lucka i golvet inne i köket och bara nickat åt henne att gå ner. Hennes ögon var stora som tefat när hon med en något förvirrad min såg sig omkring i det stora rummet. Han såg på henne, log lite och sa:

  – Det är här vi ska träna, ta på dig din rustning och prova att röra dig i den. Så snart du känner dig bekväm i utrustningen så får du göra ett försök att ta dig igenom hinderbanan.

(Här kan det behövas en liten förklaring, Lisa som bara är tolv år och inte särskilt stor har naturligtvis ingen riktig rustning. En riktig rustning är gjord av smedsmästare som bor och arbetar djupt inne i grottorna under bergen i Andalusien. Den har tunga stålplattor som sys fast på skinn från kinesiska ormdrakars rygg. Det finns inget som kan bita igenom en riktig rustning. Problemet är bara att en riktig rustning är tung och man måste vara väldigt stark för att kunna arbeta klädd i en sådan. Lisas rustning var gjord av magskinnet från en vanlig europeisk drake med ringar av lättare stål utanpå. Det var en smidig och lätt klädsel som ändå gav ett ganska bra skydd.)

Lisa krängde klumpigt på sig det styva plagget samtidigt som hon pladdrade på med huvudet inne i det kraftiga klädesplagget. Jan tittade först roat på, men hjälpte henne till slut att dra ner brynjan på plats. Han hade inte förstått ett ord av vad hon hade sagt.

– Jösses, vad tung den är, sa hon igen, den här gången hörbart.

Jan tränade med Lisa under flera dagar och hon blev långsamt allt bättre på att springa och klättra i sin utrustning. Hon hade en konstig sak för sig innan hon skulle klättra i hinderbanan, hon lade huvudet på sned och liksom tittade fram en väg för att sedan sätta fart. En sak som Jan märkte var att hon var snabb, väldigt snabb faktiskt. En vecka efter att Jan och Lisa kommit till stugan var det dags att gå på patrull och kontrollera att allt var som det skulle. Egentligen var det ingen riktig patrull utan bara ett sätt för Jan att visa Lisa hur man arbetade vid gränsen och för att få henne att förstå hur man kan se om troll gått över gränsen.

I full utrustning stod den lilla gruppen i skymningen och spanade längs den leriga lilla vägen där årets första brunsmutsiga snö låg i små högar. Det var en lustig liten grupp som stod där, en stor man klädd i hjälm med en lång svart stålklädd skinnrock och ett svärd i bältet. En liten flicka i en vit brynja med en för stor pälsmössa på huvudet och alldeles för stora stövlar på fötterna samt en grå och borstig stor hund som blängde misstänksamt bort efter vägen.

– Här i Svarta skogen finns det hasselbackstroll och i stort sett bara det. En gröning kan visa sig då och då men det är väldigt sällan, sa Jan.

Lisa såg lite oförstående på honom och sa,

– Vad är en gröning för något?

– Ja, förlåt, det är vad vi brukar kalla kärrtroll, det beror mest på färgen, förklarade han lite ofokuserat.

Lisa fnissade till och sa:

– Om de luktar som du säger kanske vi ska kalla dem för fisar. Han sneglade mot henne men drog inte på munnen. Lisa däremot fnissade belåtet, hon tyckte det var ett roligt skämt. Jan harklade sig för att få hennes uppmärksamhet. Han pekade längst vägkanten och förklarade hur de skulle bete sig och hur hon skulle göra för att se om det fanns några spår.

– Det är viktigt att du kollar hela skogen och inte bara letar efter spår. Kan du komma ihåg hur det såg ut förra gången du passerade en plats så kan du nästa gång se om det skett några förändringar. Vi letar efter allt, spår i leran eller brutna kvistar. Lisa ville fråga hur hon skulle veta om det var ett djur eller ett troll som brutit en gren om hon nu hittade en sådan. Innan hon bestämt sig visade Jan med ett tecken att de skulle börja.

Långsamt gick de på linje med Trumf en bit framför och sedan Lisa och sist Jan som hela tiden försökte se om skogens grenar eller leran var annorlunda än förra gången han gått på samma ställe. När de gått någon kilometer utan att se något särskilt så vänder gruppen åter till stugan. Jan skrev i stugans loggbok, *20e december, inga nya händelser*.

5 Rävjakt

Klockan 05:00 på morgonen väcktes Lisa med en ostsmörgås och varm choklad.

– Vi ska ner på byn i dag, ta på dig dina vanliga kläder, sa Jan innan Lisa ens riktigt förstått om hon var vaken eller om hon bara drömde. Hon blinkade yrvaket mot den alldeles för ljusa lampan. Det tog en stund för henne att vakna till ordentligt. Hon sträckte på sig och tog sin kopp med choklad. Med små rörelser smuttade hon på det varma innehållet.

Trumf låg blick stilla och låtsades som han inte hörde någonting, men med mungipan försökte han knycka Lisas smörgås. Hon såg det och delade mackan genom att bryta av den på mitten. Hon tog den ena delen och Trumf fick den andra. Han började gilla den här lilla människan allt mer. Lisa gäspade, kastade benen över sängkanten och började klä sig.

Det var kaos och arga känslor i byn när Jan och Lisa kom dit, flera gårdar hade blivit av med höns under natten.

– Den rackaren slog nästan omkull mitt hönshus, sa en bonde. En annan hade fått sitt nya stängsel nerrivet och naturligtvis saknades det ett antal höns. Den, i de övriga bybornas ögon, smått galna katt-tanten hävdade med gäll röst att Abraham, hennes svarta katt saknades. Någon annan mumlade att det kanske bara var bra att det blev en mindre i flocken och att det nog inte hade gjort något om ett tiotal katter till försvunnit. Han sa det emellertid tillräckligt tyst för att slippa bli utskälld av tanten.

– Vi ska ta den där räven, sa en bonde när Jan frågade vad som hänt.

– Den har tagit sin sista höna, den saken är klar.
Jan frågade om de var säkra på att det var en räv som varit i farten men gruppen tyckte att det var väl självklart, vad skulle det annars ha varit? Svarade en ilsken bonde med en min som om han tyckte att det var den konstigaste fråga han någonsin fått. När den arga gruppen med bönder halkande och stapplande i den hala leran försvunnit ut i skogen muttrade Jan:

– Räv? Som river ner ett nytt staket och gör ett stort hål i väggen på ett rejält hönshus? Han sneglade mot Lisa som om han väntade på hennes reaktion.

– Hasselbackare, eller hur? frågade Lisa och tittade frågande upp på honom.
Jan nickade belåtet, hon var inte så tokig den här lilla tösen.

– Japp, inget att tveka om. Vi kan nog få lite att göra i dag. Vi åker till stugan och gör oss i ordning men vi kan inte gå ut i skogen nu när det är en massa Trygga som försöker hitta en rävkrake i blötsnön. Vi får vänta tills i kväll innan vi går ut. Det är ändå på natten som de rackarna är i rörelse. Kom, sa han och klappade henne lätt i ryggen. När de gick tillbaka till stugan bombarderade Lisa honom med frågor om allt som hade med hasselbackstroll att göra. En del av frågorna var genomtänkta andra var i Jans tycke rent av korkade. Han svarade dock så vänligt han kunde, även på de korkade frågorna.

Väl i stugan igen skriver Jan i loggboken, *21 december, spår efter två hasselbackstroll i byn. Jakten börjar i natt, lärling går med hunden längs gränsen, jägare går en bit in i skogen.*

Klockan hade hunnit bli tio på kvällen när det var dags för den lilla gruppen att börja jakten. Först gled Trumf som en grå skugga ut i den svarta skogen som endast lystes upp av en blek måne. Efter kom Jan ljudlöst med en tung pilbåge över axeln, och sist kom en liten flicka i för stor pälsmössa och för stora stövlar men med ett par nyfikna ögon som kikade ut i natten. Det hade hunnit bli kallt, leran hade frusit och knastrade under Lisas stövlar, ringarna i hennes brynja klingade lätt mot varandra. Tanken var att Lisa skulle gått med Trumf men hunden hade redan försvunnit ut i natten. Lite till vänster om henne gled Jan som en ljudlös skugga mellan trädens svarta stammar. Hur gör han det där, tänkte Lisa. Under hennes stövlar krasade varje steg och när hon försökte smyga tyst satte hon snarskank på sig själv och föll på näsan. Det var tur för henne att leran hade hunnit frysa lite, hon hade blivit väldigt smutsig annars. Nu var hon inte den som gav upp i första taget utan försökte och försökte igen. Lite bättre på att gå tyst hade hon blivit när ett smällande ljud och en rejäl duns hördes genom den mörka skogen. Ögonblicket senare brakade och knakade det i den i övrigt tysta skogen. Knakandet försvann in i skogen och hördes till slut inte alls. Lisa stod tyst med stora ögon och lyssnade ut i mörkret men nu hördes bara en viskande vind som letade sig mellan trädens grenar, hon kunde höra sina egna hjärtslag. Ingenting, hennes blick hoppade runt i skogen, hon hörde ingenting. Hon stod som en staty och lyssnade intensivt. Nattens stillhet och tystnad låg som en filt över landskapet. Plötsligt som från ingenstans tog en hand tag i hennes axel, hennes hjärta hoppade nästan över ett slag och hon blev iskall.

– Det är över för i natt, hörde hon Jans varma, mörka röst säga innan hon förstått att det faktiskt var Jan som på sitt ljudlösa sätt kommit upp bakom henne.

Hon såg också att en av hans långa svarta pilar saknas.

– Den andra har dragit sig tillbaka in i svarta skogen och där får den vara, sa han. Han fortsatte inte med någon mer förklaring utan vände bara för att gå mot stugan.

– Men, det var väl två? Stammade Lisa, med en rätt så förvånad röst.

– Inte nu längre sa han samtidigt som han en sista gång spanade över axeln och in i skogen för att se om nummer två faktiskt var borta. Kom vi går hem, Han gav henne en vänskaplig klapp uppe på den allt för stora pälsmössan.

Trumf skuttade som en grå hårboll runt de två och försökte locka till sig Lisas uppmärksamhet, han ville leka. Lisa var trött efter en hel natt i skogen och hade fått en hel del att fundera på. Hon svarade inte på Trumfs försök utan gick i sina egna tankar. Den här första jakten hade fått henne att förstå att hon hade en hel del att lära sig. Solen hade ännu inte visat sig men en blek blåaktig strimma längst horisonten lyste upp den svarta skogen. När de påbörjade sin vandring hemåt var gryningen inte långt borta. De var nästan framme vid stugan när de mötte bonden från byn som åter var på jakt efter det han trodde var en räv. Han stirrade förvånat på dem och sa:

– Vad i hela friden har ni på er? Hans blick hoppade mellan Lisa och Jan som om den inte kunde bestämma sig för vem av dem som såg konstigast ut, Vad har ni gjort i skogen i de där kläderna? Jan som sin vana trogen valde att ge ett surt och kort svar istället för att vara trevlig och förklarande svarade buttert:

– Jagat räv. Det är över nu, du kan gå hem.

Bonden tittade länge och fundersamt efter dem. Vilka märkliga typer, tänkte han. Han kliade sig lite fundersamt under mössan när han med velande blick försökte bestämma sig om han skulle tro på den konstigt klädda mannen eller fortsätta att jaga. Det tog honom en stund att bestämma sig innan han till slut med tveksamma steg började gå hemåt.

6 Träning och undervisning

Dagarna gick och Lisa fick träna sig på allt som hon kunde komma att behöva kunna. Skjuta med pilbåge, det var något hon var ganska bra på. Hon hade även fått försöka med Jans stora båge men den var väldigt kraftig och Lisa tyckte inte det gått så bra. Hon visste det inte men Jan var väldigt stolt över den lilla jäntan han fått i träning. Han tyckte att det var fantastiskt att hon kunde använda hans tunga båge med nästan fullt dragläge. Hon var ju trots allt inte särskilt stor. Det fanns många vuxna män som inte klarade att spänna den bågen. Den lilla flickan var envis och hade redan efter några veckor börjat få ordning på det. Klättra i hinderbanan, nu var hon snabb som en ekorre inne bland hindren även när hon hade på sig sin lilla rustning. Hon flög fram mellan hindren och i de flesta fall hoppade hon som en liten gummiboll mellan dem. Spåra i skogen, det tyckte hon fortfarande var ganska svårt men i lera eller snö gick det bra. Fäkta med svärd, hon hade fått ett litet svärd av Jan på julafton, hon var väldigt stolt över det. Inte bara för att det var hennes eget utan för att det var den första present hon någonsin fått. Hon hade genast börjat fråga Jan om råd hur man effektivast stötte och slog med ett så mäktigt svärd.

Den natten sov Lisa med svärdet i sängen samtidigt som hon
drömde om prinsessor, prinsar och riddare. I drömmen var hon inte
en liten prinsessa som behövde räddas utan en modig riddare i
blänkande rustning. Hon var den som räddade alla med sitt
mäktiga och blänkande svärd. När hon vaknade på morgonen
bleknade drömmen bort men den behagliga känslan dröjde sig
kvar. Med ett leende i ansiktet tänkte hon på Jan, hon tyckte att
han var den snällaste människa hon någonsin träffat. Det var hon
nog ensam om att tycka på hela jorden. Jan var ju trots allt en
trulig och sur gubbe som egentligen helst ville vara ensam, han
gillade inte att behöva prata en massa hela tiden. Eftersom Lisa
inte hade några egna föräldrar så var nog inte hennes krav så höga.
Hon tyckte att Jan var helt fantastisk!

Det hon tyckte bäst om var att smyga i skogen, att gå så där tyst
som bara Jan kunde. När hon lyckades smyga fram utan att det
hördes ett ljud bland kottar och löv kändes det som om hon
svävade fram och som om hon inte rörde vid marken. Det kan ha
berott på att hon hade fått nya stövlar som passade henne eller att
hon var lätt men att smyga var något hon var riktigt, riktigt bra på.
Långsamt ökade hon takten utan att en kvist bröts eller ett löv
knastrade. Ganska snart kunde hon springa genom skogen utan att
man kunde höra något alls, som om hon var en ljudlös skugga

mellan träden. Hon kunde när det blåste bara lite, lite grann smyga sig på till och med Trumf. Han som normalt upptäckte minsta lilla ljud. Trumf hoppade högt när hon tog tag i hans svans efter att hon lyckats smyga sig på honom. Han brukade sedan springa runt henne och göra en massa tokiga krumbukter, mest för att roa henne. Hunden blev aldrig någonsin sur på henne. Trumf hade verkligen lärt sig att älska den lilla flickan som alltid brukade somna tätt hopkrupen bredvid honom på kvällen.

Kvällarna i stugan var nog det som Lisa tyckte allra mest om, när brasan sprakade och Jan satt med lätt trumpen min och tittade på sina kartor borta vid det grova men lätt skeva bordet. Själv brukade hon då sitta och plocka med Trumfs päls och bara mysa. Trumf brukade då ligga med huvudet i hennes knä och snegla upp på henne. För första gången kände Lisa att det faktiskt fanns något som hon kunde kalla sin familj, Sura Jan och den luggslitna Trumf. Hennes egen familj, tänkte hon när hon gosade in sig i Trumfs rufsiga päls. De här båda kanske skulle kunna lära sig att älska henne, som en riktig familj? Hennes tankar fladdrade för ett ögonblick iväg och hon kom att tänka på brevet.

Hon hade det längst ner i sin packning, någon har faktiskt älskat mig, åtminstone ett tag, tänkte hon och borrade ner sitt ansikte i Trumfs grå päls. Hon kunde inte förklara varför men inne i den borstiga hundens päls kom tårarna. Hon önskade att hon någon gång skulle få veta varför den som skrivit det där brevet inte kommit och letat upp henne. Varför var det ingen som älskat henne och som ville vara hennes förälder. Tysta tårar strömmade nerför kinderna som så ofta när hon tänkte på det där jäkla brevet.

Dagarna gick och vinter blev till vår, och vår blev till sommar. Lisas träning flyttades nu ofta ut i skogen men blev samtidigt både hårdare och petigare. Kvällarna fylldes av hennes ständiga frågor och Jans långa och förklarande svar. Hon älskade att sitta och lyssna på honom i skenet från den öppna spisen. Hon hade fastnat i bergstrollsproblemet och frågade nu rakt ut:

– Varför borrar man inte bara ner en stor sprängladdning i trollet när det sover. Då behöver ju ingen ens veta att det var ett troll och inte ett berg, sedan är det ju bara att spränga hela alltet i luften? Jan sneglade lite på henne och sa med ett roat uttryck i ansiktet:

– Det har gjorts försök men när de sover kan vi borra och spränga som vi vill, det spelar ingen roll. Innan trollen vaknar så verkar det som om deras kroppar läker allt som vi kan hitta på att göra med dem. Vi har till och med huggit upp ett troll i delar men när det vaknade så hade armar och ben vuxit ut igen. Det gäller faktiskt alla sorters troll, när de sover och tills de börjar röra på sig är de osårbara. Det är därför vi jagar på natten. Vi kan däremot flytta mindre troll och knytt på dagen om vi vet var de lagt sig att sova, det gör vi ganska ofta.

En annan fråga hon funderat länge på, sedan deras första kontakt med byborna, var varför de hade så gammalmodiga vapen. Hon hade ju sett med egna ögon att bönderna i byn hade gevär, men själva sprang de runt i skogen med pilbåge och svärd, varför då? Jan som till sin egen förvåning tyckte om att undervisa lade ifrån sig sin brynsten som han för tillfället slipat sin stora kniv med och lade i stället upp en pilspets på bordet.

– Titta på den här, sa han. Ser du att den är ihålig mellan skären och att det där alltid när vi jagar sitter en bränd ek-kvist? Skaften är dessutom alltid svärtade med aska från ek. Troll är svåra att döda, dels för att de tål nästan allt och dels för att deras skinn är väldigt speciellt. Ett troll har inget hjärta utan alla muskler pulserar samtidigt, det är ett märkligt djur som inte följer naturens vanliga regler. Deras kroppsvätskor är svarta och hugger man av en arm så blöder de inte utan det börjar genast växa fram en ny. Du kan skjuta ett troll med gevär men kulan kommer att stanna i skinnet. Det kommer att få ont men också bli väldigt ilsket. Ilskna troll är väldigt sällan roliga att ha att göra med.

– Titta på den här spetsen, sa han och pekade på bordet igen. Den är otroligt vass och har tre skärkanter. Tyngden i den kommer från en blandning av stål och guld, men att komma igenom skinnet är bara en del av problemet. Det är askan som gör jobbet. Vi vet inte riktigt varför just ek-aska fungerar, men det gör den i alla fall. Träffar du trollet och ek-aska kommer in i kroppen så kommer trollet att dra ihop sig. När han såg på Lisa förstod han av hennes något fåraktiga min att hon inte riktigt förstod. När ett troll dör drar det ihop och blir som en boll eller som ett något ojämnt ägg, förtydligade han.

Lisa hängde över bordet och tittade noga på pilspetsen som var längre än hennes hand. Den blänkte matt i ljuset från fotogenlampan och såg helt magisk ut.

– Man kan förstås hugga huvudet av dem också, sa han med ett leende, men då måste man vara otroligt stark och ha ett mycket vasst svärd.

– Ge mig ditt så ska jag visa, sa han. Hon tog upp det och lade det med viss tveksamhet på bordet mellan dem.

Han tog Lisas svärd och synade det. Med en nöjd min skar han en remsa ur ett pappersark. Svärdet skar rakt och utan att fastna, det var mycket vasst. Han flinade pojkaktigt mot henne.

– Det här är vasst så det räcker, sa han, men egentligen så är svärdet bara en symbol, ett tecken kan man säga på att vi är jägare. Det är ingen som vill vara så nära en gröning att man måste svinga sitt svärd. Då har man inte många andetag kvar i livet. Nej, pilbåge och minst femtio stegs avstånd är det som fungerar bäst.

Dessutom, fortsatte han, skulle du sticka svärdet i ett troll så vill det till att du drar ut det snabbt. Hinner de fula bestarna stelna så sitter det där det sitter. Nu kan du inte sticka något med det här, han nickade mot det lilla svärdet som han höll i handen. Det här är ett övningssvärd, det har inget utrymme för en ek-kvist. Med en bullrande rörelse som slog omkull stolen bredvid honom drog han sin egen klinga och visade det lilla rombformade utrymmet i närheten av spetsen.

Lisa såg lite fundersam ut när hon såg att hennes mäktiga svärd, hennes stolthet, såg mer ut som en brödkniv i Jans stora händer. Det var en sak till som Lisa verkligen ville ha svar på, varför rörde sig bara trollen på natten? Jan svarade att det var lite si och så med det. Större troll kunde faktiskt röra sig även på dagen. Det var strålningen från solen som bränner deras hud, inte så farligt men det irriterade dem.

– De kan röra sig på dagen om de måste men de föredrar natten. Vi tror att de ser dåligt på dagen. Deras ögon har inte förmågan att ändra pupillens storlek, de blir bländade mycket lättare än en människa. Det här är viktigt, sa han pekade menande på henne.

– Har du missat dina skott eller skjutit dåligt och blir jagad någon gång så spring mot ljuset. Det spelar ingen roll om det är en lampa eller en brasa, de har svårare att bedöma var du är då. Det kan med lite tur rädda ditt liv. Ett starkt ljus ger dig ett övertag

över de fula bestarna, kom ihåg det.

7 Byråkratiska problem för Stadskontoret för byråkratisk ordning

I gränsstuga trettiotvå, precis som i alla andra gränsstugor, satt en svart gammal telefon monterad innanför ytterdörren, den var kopplad direkt till ledningscentralen i Stockholm. Jan hade som alla andra på byrån också fått en mobiltelefon, en svart tegelstensliknande tingest med en utfällbar antenn. Den fungerade att ringa med i storstaden men i övrigt var den värdelös. Jan tyckte dock att den var en utmärkt tingest, dels så fanns det ett larm på den som gick att använda som väckarklocka och så var den tung nog för att hålla kartan på plats när han fällde ut den över motorhuven på den smutsiga Landrovern. Det spelade ingen roll om det var en blåsig dag, kartan låg kvar ändå. Att använda den för att ringa med gjorde han dock aldrig.

Nu ringde det i den svarta telefonen på väggen och Jan svarade med en bekymrad rynka mellan ögonbrynen, det var sällan något bra som hänt när den telefonen ringde.

  – Gränsstuga trettiotvå, svarade han och fortsatte. Aha… Ok… Mm… Uppfattat, ses i morgon, vi åker genast.

Han öppnade fönstret och ropade till Lisa,

– Vi har fått order om att åka till Stockholm, kom in och packa dina saker, det är inte säkert vi kommer tillbaka hit på ett bra tag. Lisa som för ögonblicket var fullt upptagen med att få ut en av sina pilar ur måltavlan och hade vissa problem med detta nickade sammanbitet och ropade tillbaka att hon skulle komma så fort hon kunde. Jan vände sig om och gick in på sitt lilla rum för att hämta sina väskor. Då han alltid hade sina saker packade så var det bara att ta med de två väskorna till bilen så var han klar att åka.

Med en lätt handrörelse fick han Trumf att hoppa upp på flaket. Två timmar senare var Jan, nu surare än på länge, och Lisa på väg mot storstaden. Trumf låg på flaket och hade rullat ihop sig som en boll på några gamla säckar. Lisa hade packat så fort hon kunde men eftersom hon var ett tolvårigt flickebarn så var det inte så lätt att packa. Saker var utspridda lite överallt och hon blev hela tiden distraherad av saker som hon skulle packa ner. Hon hittade inte alltid saker som hon ville ha med sig. Man kunde väl säga att det inte hade gått riktigt så fort som Jan hade räknat med. Det var därför han nu satt och surade bakom ratten.

– Barnvakt, det är alltså så jag kommer att avsluta min karriär muttrade han, som barnvakt.

På chefens kontor såg allt ut som vanligt, ett fönsterlöst rum med ett skrivbord, två gäststolar samt en brandgul hörnsoffa som med stor sannolikhet stått på samma ställe sedan 1963. Framför soffan stod det ett litet runt bord som troligtvis inte kunde bära någon större vikt då det såg oroväckande klent ut. Bordet var förmodligen till och med äldre än soffan. När Jan och Lisa kom in var chefen upptagen med att läsa igenom någon form av dokument som tydligen gjorde honom upprörd. Han bläddrade i dokumenten och slog då och då uppgivet ut händerna. Uppenbarligen hade han rivit sig i huvudet under sin läsning för håret stod åt alla håll. Jan harklade sig och sa,

– Ähum, vi är här nu.

Chefen såg upp med en irriterad rynka mellan ögonen och utbrast:

– Det var väl på tiden. Kolla här, han slog med handen ner mot dokumentet. Någon tokstolle uppe vid svarta skogen har anmält att du har en dotter som inte varit i skolan. Det är väl förbaskat att vi inte har någon kontakt i utbildningsdepartementet, då hade vi kunnat lösa det här snabbt. Han reste sig så häftigt att stolen ramlade baklänges. Med överraskande upprördhet gick han ett raskt varv runt sitt lilla skrivbord innan han ställde upp sin stol igen. Pustande satte han sig och grymtade. Jan hade fortfarande inte förstått någonting. Han var lite överraskad över chefens humör. Chefen brukade alltid kunna hålla sig lugn.

Lisa som satt i den gräsliga hörnsoffan lyssnade inte alls, hon hade hittad en burk med dammiga pepparkakor och satt och smaskade ljudligt. Jan läste igenom pappren, vred på huvudet och tittade på Lisa.

– Vi vet ju inte ens när hon är född. Hur ska hon kunna gå i skolan om vi inte vet det?

Chefen svarade blixtsnabbt,

– 1979-06-15, det är standard att vi lägger födelsedagen mitt på året när vi inte vet exakt.

Lisa höjde förvånat huvudet från kakburken och utbrast,

– Har jag en födelsedag? Borde man inte få presenter då?

Hennes ögon glittrade förväntansfullt.

Jan sneglade på henne och lite av hans truliga uppsyn sprack, han hade börjat tycka om den lilla tösen. Chefen lekte med sin penna och sa lite fundersamt.

– Vi kanske ska skicka er till något annat ställe så länge, men jag tror att samma problem skulle dyka upp då också. Det här problemet hade vi inte när vi gick som lärlingar eller hur? sa han och tittade upp på Jan med en grimas som om man var snäll skulle kunna beskrivas som ett leende.

Med en suck slocknade leendet och han fortsatte.

– Nu är det sommar och därför inget akut problem men om vi inte hittar någon annan lösning så får Lisa börja skolan i Svartbyn i höst.

Jan slog ut med armarna och började protestera ivrigt:

– Vi kan inte släppa i väg henne för att få kunskaper hon redan har när jaktträningen precis har börjat, hon behöver träna i skogen, inte i skolbänken.

– Inget vi kan göra något åt, sa chefen, löser vi inte det här i sommar så börjar Lisa skolan i höst. Hans min var bestämd även om rösten lät lite tveksam.

– Vi har en gräns mot svarta skogen på mer än arton mil, det är inte rimligt att vi ska vara på samma ställe varje dag, hur gör vi om det blir en händelse långt från stugan och som vi måste jobba med i flera dagar? Jan slog upprepade gånger mot dokumentet på chefens skrivbord.

Chefen log och svarade med en road röst:

– Du får väl skriva en sjuklapp och lämna till fröken.

När Jan först såg förvånad ut för att sedan surna och rynka på ögonbrynen så skrattade chefen högt och lade till:

– Eller en ledighetsansökan för resa med familjen. Skriv under med pappa Jan, ha ha ha.

Chefen skrattade nu så han knappt kunde tala. När Jan och Lisa lämnar kontoret skrattade chefen så att han skakade och tårarna rann nerför hans kinder. Han försökte samla sig och se seriös ut igen men en blick på Jans truliga ansikte gjorde att det brast för honom.

– Pappa Jan, kved han och börjar skratta hejdlöst igen.

Lisa som inte alls förstått det roliga i det där med "pappa Jan"
blängde över axeln mot chefens kontor och väste,

– Tråkgubbe, äckliga kakor hade han också, hon hade inga
problem med att ha Jan som pappa. Hennes problem var att hon
inte vågade fråga om hon fick kalla honom det.

När sommaren var slut så visade det sig att problemet med
skolgång för Lisa inte hade kommit till någon lösning. Hon skulle
börja i skolan i den lilla byn som låg i dalen nedanför gränsstuga
trettiotvå. Jan var nästan utom sig av ilska och menade att de
otacksamma kräken kunde dra dit pepparn växer, samt en massa
annat av samma slag. Lisa undrade var peppar faktiskt växte och
funderade på att fråga. Hon ångrade sig dock snabbt när hon såg
Jans min. Det var nog inte riktigt läge för en sådan fråga just nu.
Jan verkade faktiskt vara sur på riktigt. Lisa hade inga problem
med att gå en stund i skolan. Hon såg fram emot det och såg det
som en chans att träffa andra i hennes ålder. Hennes skolutbildning
var ju egentligen redan klar så hon såg själva skolgången mer som
en chans att se hur Trygga barn hade det och höra vad det pratades
om när de hade rast.

I mitten av augusti var det till slut upprop i skolan och då det här var en liten skola så gick alla barn över årskurs 6 i samma klass. Det här betydde att Lisa gick i högstadiet men att hon tillhörde de yngsta där. Hon satt längst fram under uppropet och hennes nyfikna blick pilade fram och tillbaka i rummet, hon undrade om det skulle finnas någon som skulle bli hennes bästa kompis i rummet. De flesta eleverna var lite äldre men det fanns ett par tjejer som var i samma ålder som Lisa. En av de båda töserna viskade tyst till Lisa så fort de blivit presenterade,

– Akta dig för de största pojkarna, hon flackade skyggt med blicken innan hon tystnade och såg ner i marken. Flickan hette Elvira och var något större än Lisa. De var dock i samma ålder. De satt i bänkarna bredvid varandra i första raden. Det verkade som alla de yngsta satt längst fram. Lisa fick en konstig känsla av att något inte stod rätt till. Fröken Sara hälsade alla välkomna tillbaka och startade första lektionen som skulle handla om historia. Den handlade i huvudsak om Sverige under Gustav IIIs tid.

Lisa svarade så fort hon fick chansen och hennes hand var uppe på varje fråga som fröken ställde. Något fick henne att se sig omkring när hon stäckte upp handen för femtioelfte gången. Elvira såg åt Lisas håll och skakade försiktigt på huvudet. Hon himlade med ögonen och nickade obemärkt mot bakre delen av klassrummet.

Lisa förstod inte vad Elvira menade utan fortsatte att svara så fort hon fick chansen. Hennes min blev allt mer uttråkad. Lisa tänkte att ska det vara så här lätt hela året så kunde det kanske till och med bli lite tråkigt. Dagen fortsatte på ungefär samma sätt med matematik och svenska, allt var lätt, lätt, lätt. Lisa svarade rätt på varje fråga hon fick svara på, hon spikade det helt enkelt. Elvira skakade upprepade gånger på huvudet och himlade åter igen med ögonen.

När det var dags för matrast och Lisa stod i kön för att få sin mat så började några av de äldre pojkarna knuffas och bråka. Det var pojkarna som suttit längst bak i klassrummet och tillhörde de äldre. Lisa stod lite längre fram men ett par av de andra flickorna som stod närmare pojkarna flyttade på sig. Pojkarna klev då fram och tog deras platser. Lisa blängde lite på dem men stod fortfarande kvar på sin plats, Jan hade sagt åt henne att hon alltid skulle analysera läget innan hon skulle vidta några åtgärder. Nu analyserade hon läget.

När den större ljushåriga pojken, som tydligen var den som var drivande i det lilla pojkgänget, försökte få Elvira som stod bakom Lisa att flytta på sig så bestämde hon sig för att nu fick det vara nog. I sitt huvud hörde hon Jans mörka, lugna röst, när han sa "Det är den starkas uppgift att skydda de som inte kan skydda sig själva.

Så fort någon utnyttjar eller är elak mot en som är svagare så är det varje hederlig och ärlig man eller kvinnas uppgift att få ett slut på det." Han hade när han sagt det tittat lite uppåt och avslutat med, "En stark mans (eller kvinnas, han sa inte så men menade nog det) uppgift är att skydda landet, kungen, kvinnor och barn." Lisa vände sig om och tog två steg bakåt så att hon hamnade framför den större pojken och satte en hand i bröstet på honom och skrek med skarp röst:

– Backa, nu räcker det.

Urban, som den större pojken hette, såg först lite förvånad ut men bestämde sig snabbt för att den här lilla räkan var det lika bra att sätta på plats direkt.

– Nämen är det inte "lilla fröken vet allt" fnyste han hånfullt. Lisa kontrade med ett:

– Jo det kanske det är, och du är herr spån-dum förstås? Först blev det en häpen tystnad i matsalen innan ett försiktigt fnitter spred sig. Pojken blev högröd i ansiktet och försökte knuffa undan Lisa. Med en lätt vikning av axeln fick hon hans bestämda knuff att glida av. Hennes egen knuff tog dock mitt i bröstet och pojken stapplade ett par steg bakåt. Nu hördes ett lätt skratt i lokalen och pojkens båda kompisar började oroligt att se sig omkring. Det här var inte en situation de var vana vid. Urban var helt förvirrad, vad var det här för en liten räka. När skrattet från de som normalt brukade vara rädda för honom ringde i öronen tog han ett snabbt beslut. Han brukade inte slå flickor men bestämde sig för att med den här lilla räkan göra ett undantag, han höjde handen för att ge henne en första smäll på näsan.

När Jan, inget ont anande, kom för att hämta Lisa så blev han inkallad till rektorns kontor. Där satt Lisa och en ljushårig grabb och stirrad ner på sina skor. Det första han såg var den blodiga näsan och det svullna ögat. En egendomlig oro pirrade i hans bröst och han ville väldigt gärna fråga Lisa vad som hänt. Rektorn, en kvinna med grått hår och stålbågade glasögon hälsade bestämt på Jan när han stängde dörren bakom sig. Hon började genast berätta om hur illa hans dotter uppfört sig. Det var nu dags att reda ut ett och annat. Slagsmål i skolans lokaler tänkte hon inte acceptera. Det här var en lugn och fridfull plats för utbildning och lärande. Tills nu, fortsatte hon. Allt hade börjat samma dag som Jans dotter börjat i klassen. Jan funderade ett ögonblick på om den här rektorn hade alla hästar i stallet.

Det var ju för tusan första dagen på skolåret och Lisa hade ju bara varit här en dag. Han höjde ett finger för att säga något men blev genast avbruten av rektorn.

– Det här är Urban, sa hon och pekade på pojken. Hans föräldrar äger den största gården här i dalen. Urban är en fantastisk elev, han är snäll mot alla och han har vunnit pris som bästa kompis två år i rad.

Det hon inte sa och förmodligen heller inte kände till var att han vunnit priset genom att hota de andra med stryk om de inte röstade på honom. Rektorn var nu smått hysterisk när hon fortsatte, han skojade lite med din dotter och se nu hur han ser ut. hon pekade på Urbans blodiga näsa, kan du förklara det här!

Det sista sa hon med en röst som steg både i ton och volym. Jan lutade sig lugnt tillbaka och sa med ett illa dolt leende:

– Nej, jag var inte här men jag tror Lisa kan. Lisa berätta vad som hände. Lisa hängde med huvudet och mumlade fram ett svar som var knappt hörbart.

– Inget, han var dum och jag klappade till honom. Inte ens särskilt hårt faktiskt.

Hon stirrade hela tiden ner på sina skor som om de var det mest intressanta i hela världen just då.

– INTE HÅRT!

Rektorns röst vandrade upp i de allra högsta tonarterna och färgen i hennes ansikte flammade i rött.

– Vi har tur att den stackarn lever. Hon ojade sig och försökte med en näsduk torka bort lite levrat blod från Urbans ansikte. Jan skruvade lite på sig och ryckte lite omärkligt på axlarna, så farlig var det väl inte? Tänkte han när han synade den skamsne pojken.

Något hade hänt och grabben hade fått en snyting, förmodligen hade han förtjänat den. Jan hade en något annorlunda syn på bråk mellan barn än vad det moderna skolsystemet hade. Han hämtade andan och bestämde sig för att försöka lura rektorn med en vit lögn.

– Om rektorn ursäktar så kanske det är på sin plats att berätta att det var just det här som var anledningen till att Lisa hemsskolsundervisades tidigare, sa han. Hon är lite av en vilde och har svårt att anpassa sig i större grupper. Naturligtvis förstår jag det allvarliga i det som hänt och vill förhindra att det upprepas. Vill vi undvika det här i fortsättningen så kanske vi ska återgå till hemskolsundervisning. Han pekade på de båda ungdomarna. Lisa hängde med huvudet och skämdes när hon hörde hur Jan beskrev henne. En ensam tår letade sig ner längs hennes kind som hon argt torkade bort. Hon hade hoppats att han skulle stå på hennes sida och försvara henne. Nu verkade han ta rektorns parti och de skulle på något vis straffa henne för det som hänt.

Just nu tyckte nog Lisa att livet var rätt så orättvist, hon hade ju bara gjort som Jan sagt att hon skulle göra om någon var dum mot någon som var mindre. Rektorn var ytterst villig att bistå Jan i frågan om vidare utbildning av Lisa i hemmet. Det tog mindre än en timme innan alla papper var rätt ifyllda. På väg hem mot stugan sneglade Jan ner på Lisa och frågade kort:

– Vad hände?

Lisa hängde med huvudet och stirrade i marken framför sig när hon svarade:

– Han var dum mot några yngre flickor. De hade ingen chans att stå upp emot honom, men jag trodde nog att jag hade det.

– Nej, jag menade inte så, sa Jan lugnt. Vad hände när han fick sin blodiga näsa?

Lisa skruvade på sig och ville egentligen inte berätta men sa till slut:

– Han försökte slå mig med sin höger hand, så jag lät den passera och drog samtidigt honom till mig. När han var i obalans tryckte undan hans höger fot. Sedan räckte det med en lätt knuff med min armbåge i hans bakhuvud för att han skulle ramla i golvet. Med ansiktet först, tillade hon lite skamset.

Jan tittade ner på henne och log så brett att han nästan fick ont i ansiktet, hon var en fantastisk liten tös. För det första så slapp han nu vidare problem med skolsystemet och för det andra, hans lilla flicka hade spöat en två år äldre grabb. Kunde livet vara bättre, myste han.

– Vet du vad? sa han med munter röst. De där barnen har inte en aning om att du en dag kommer att se till att deras egna ungar kommer att kunna leka tryggt i skog och mark. Nu skiter vi i det här och tar något att äta.

Han rufsade om Lisas hår och la en hand över hennes axlar och gick nynnande vidare upp mot stugan. Hon vågade för första gången snegla upp på Jan. Hon såg till sin förvåning något i hans ansikte som hon inte kunde tolka på något annat sätt än stolthet. Lisa lutade sitt huvud mot den stora mannen och gick med ett litet leende vidare i sina egna tankar. Eftermiddagssolen värmde fortfarande i ansiktet och livet var lite enklare igen.

En ensam flicka stod borta på skolgården och tittade förundrat efter dem. Det var Elvira som beundrande såg efter Lisa. Elvira ville verkligen träffa den där flickan igen. Hon hade alltid fått höra att flickor inte kunde stå upp för sig själva. Framför henne gick beviset på att alla som sagt så hade haft fel. Hon visste inte riktigt vem Lisa var men vem hon än var så ville Elvira vara som henne. För första gången i sitt liv hade Elvira fått en idol. Elvira skulle så småningom växa upp och bli den första kvinna som blev antagen till den hemliga militära elitstyrkan SOG. Hon skulle i hela sitt liv komma ihåg när hon för första gången förstått att flickor också kan klara vad som helst. Det var någon som visat henne att det var så och hon var evigt tacksam mot den flickan.

8 Gröna faran i norr

Hösten hade nu slagit till på allvar och lövträdens kronor lyste i gult och rött. Den första frosten var bara ett par veckor bort. Lisas träning var nu nästan lika hård som vilken som helst trolljägare kunde förvänta sig att genomgå. Hon hade inte bara blivit starkare, hon hade börjat växa iväg och var nu som Jan sa "nästan två pilar lång." Ungefär 1,65 meter. Hennes första pilbåge var redan för liten och Jan hade fått beställa en ny som var längre och hårdare. Nya pilar fick också beställas för byter man båge så byter man pilar. Det här med att byta båge var för Lisa både roligt och svårt. Plötsligt så var allt som varit enkelt och självklart inte alls lika lätt längre. Den nya bågen verkade skjuta lite som den ville. Det krävdes en hel del träning för att ens komma i närheten av den träffsäkerhet hon hade haft med den gamla bågen. Men kraften var en helt annan, med den nya bågen fick hon dra strängen ända till öra och inte sluta vid mungipan som på den gamla. Det var mycket svårare att sikta på det viset, man var liksom tvungen att tänka vart pilen skulle snarare än att sikta. När hon skjutit med den nya bågen i flera veckor kunde hon i alla fall träffa ett A4-papper på femtio stegs avstånd. Jan kunde träffa ett mynt på samma avstånd så trots att hon fick mycket beröm så kände hon sig inte som en särskilt duktig bågskytt. Hon hade tillsammans med den nya bågen fått riktiga trolljägarpilar. När hon satt i sängen den kvällen vände hon och vred på en av de skarpa spetsarna. Hennes spetsar var lite mindre än Jans men annars såg de likadana ut. Hon häpnade över hur vacker den var när hon studerade pilspetsen. Hon vände och vred på den, hon kunde knappt vänta tills hon fick prova en av dem på riktigt. När hon nästa dag stod och kämpade med den stora bågen drömde hon om hur hon dräpte alla möjliga sorters troll. Jan verkade vara nöjde med henne och bågen började fungera allt bättre. Egentligen var det så att bågen fungerat alldeles utmärkt hela tiden men att hon till en början hade svårt att skjuta med den. Helt oavsiktligt gled hennes tankar iväg från bågskyttet när hon spände bågen på nytt. Kanske skulle hon fråga Jan om hon fick kalla honom pappa, kanske redan i kväll. Kanske, hon visste inte säkert, hon fick se hur kvällen utvecklades. Hennes kinder fick en lätt rodnad när hon funderade på den stora frågan. Hon släppte, pilen missade måltavlan och försvann skramlande in i skogen. Det är svårt att träna prickskytte och tänka på annat samtidigt, då blir det ofta så där. Hon stirrade förvånat efter pilen.

– Skit också, muttrade hon.

Med en irriterad min ställde hon ifrån sig bågen och vandrade bort mot stället där pilen försvunnit.

Kvällen blev inte alls som Lisa hoppats. Den kom med dåliga nyheter. När de satt vid brasan och Jan berättade om några av sina tidigare uppdrag (Lisa tyckte det var otroligt spännande berättelser) så ringde den gamla svarta telefonen på väggen. Det var som vanligt Jan som svarade och det var som vanligt huvudkontoret som ringde.

– Stuga trettiotvå. Ok… Var? Ja, jag vet var det är… Uppfattat, vi åker dit i morgon.

Han hängde tillbaka luren och stod fundersamt kvar medan han tittade ner i golvet. Medan en slöja av oro drog över hans ansikte sneglade han på Lisa som klappade en halvsovande Trumf på huvudet och sa,

– Trumf och jag kommer att åka bort några dagar, du får stanna kvar och vakta stugan. Kan du göra det är du snäll? Det ska komma ett paket vilken dag som helst och jag vill helst inte att det blir liggande ute på trappan.

Lisa tittade förvånat upp på honom och frågande upp.

– Vad har hänt, vad sa de? frågade hon, kan inte jag följa med?

Han skruvade på sig innan han svarade,

– Inget viktigt, en rapport som jag måste följa upp bara, Jag åker i morgon. Han sträckte på sig och gäspade som om han plötsligt blivit trött. Vi får nog ta och sova nu, jag ska köra långt i morgon. Han sträckte på sig igen och gick för att gå och lägga sig.

Lisa satt kvar vid bordet och såg fundersamt efter honom. Hon fattade ingenting, hon fick inte ens veta slutet på den berättelse som telefonen avbrutit. När hon lagt sig funderade hon på om hon skulle fråga hur den slutade innan han åkte i morgon. När hon somnat drömde hon om troll i och trolljakter i taigans vilda och täta skogar. Hon vaknade innan hon kommit fram till upplösningen, hon hade aldrig fått höra slutet så hennes dröm hade inget slut. Hon suckade där hon låg och stirrade upp i det mörka taket. En djup suck till innan hon puffade till kudden och försökte somna om igen. Hon hatade när hon inte fick höra hur Jans berättelser slutade. Hennes ögon klippte lite innan hon hjälpt av Trumfs varma kropp somnade om.

På morgonen stod Lisa i fönstret och såg efter den gungande och krängande bilen när den försvann ner längst den sönderkörda grusvägen. När hon blivit ensam och Jan och Trumf åkt norr ut så anlände ett paket adresserat till stuga trettiotvå.

Det kom så nära Jans avresa att lastbilen som levererade det måste mött Jan när han åkte ner mot stora vägen. Hade Lisa varit mer misstänksam så hade hon kanske anat att det fanns en förklaring till att det kommit när det gjort. Nu var hon dock inte misstänksam utan bara nyfiken. Den nyfikenheten fick henne snart att cirkla runt paketet som en hungrig haj runt en simmande ko. Paketet var tungt och nästan en meter långt, det såg verkligen lockande ut där det låg innanför ytterdörren. Hon stod bredvid det spännande paketet och kliade sig bakom örat. Det stod ju faktiskt inte att det var till Jan, det stod inte att det var till henne heller förvisso, men ändå, hon var ju här. Hon läste på adresslappen igen, Stuga trettiotvå. Jaa, tänkte hon det var ju inte någon svår adress i alla fall. Med en irriterad suck satte hon sig ner bredvid det och vände lite på det. Hon försökte skaka på det för att höra vad det kunde vara men det var för stort och tungt. När kvällen blivit mörk utanför fönstren så tog till slut nyfikenheten över och hon öppnade paketet. Öppnade hon det försiktigt så kunde hon ju alltid paketera det igen, hon ville bara få en liten glimt av vad det var. Försiktigt sprättade hon upp det bruna pappret så att paketet öppnade sig. Hon stirrade häpet på innehållet och ett litet leende krökte hennes mungipor uppåt. På en lapp som låg i paketet stod det:

"Lisa, du behöver ett nytt svärd och ny rustning. Prova den här och träna med svärdet så får jag se om du lyckas lära dig den nya klingans hemligheter på egen hand. PS, Jag visste nog att du inte skulle kunna låta bli att öppna paketet. DS".

Hon lyfte försiktigt upp en ny brynja som var gjord av samma typ av skinn som hennes gamla men med kraftigare ringar i ringbrynjan. De låg tätt utmed skinnfodret. Ringarna var behandlade med något för de glänste som guld. Ljuset från den öppna spisen träffade brynjan och reflekteras i de tusentals gyllene ringarna. Hela rummet gnistrade och blänkte när hon vände och vred på det vackra plagget. Svärdet satt i en skida som var fäst i ett grovt bälte, både skidan och bältet var vitt med gyllene detaljer. Hon satte på sig rustningen och spände på sig bältet med det stora svärdet, ångrade sig och sprang bort till sin säng där hennes gamla svärd låg och satte det på högra sidan av det nya skärpet. Nu stod hon framför gamla spegeln med ett svärd på varje sida av höften. De slog i saker när hon vände sig om, hon suckade irriterat och funderade. Hennes ögonbryn rynkades när hon försökte komma på en lösning. Hon ville verkligen ha på sig båda klingorna men visste inte riktigt hur. Hon tog sitt gamla skärp och testade att ha de över axel, Det nya svärdet hängde då på höften och det gamla på ryggen, hm, lite bättre. Plötsligt sken hon upp och drog av sig de båda bältena. Hon sprintade in på sitt rum igen och trixade en stund med remmarna. När hon åter ställde sig framför den stora, gulnade spegeln häpnade hon. Där i spegelbilden såg hon något som skulle kunna vara hämtat direkt ur en gudasaga. Hon glänste av guld och vitt och den nya rustningen gick nästan ända ner till knäna. På hennes fötter satt ett par nya stövlar som också var gjorda av drakskinn och de gick upp över hennes knän. Nu hade hon sitt koger med pilar på vänstra höften och de båda svärden på ryggen. Hon hade fäst de smalare remmarna i kors över bröstet så att svärden stack upp bakom hennes axlar, lite som vingar. Det såg skithäftigt ut.

– Wow, sa hon och vände och snurrade framför den smutsgula spegeln.

Det nya svärdet var till skillnad från hennes gamla ett riktigt trolljägarsvärd med en utskuren romb i klingans främre del där en sotad ek-kvist skulle sitta. Det var ett riktigt trolljägarsvärd, smitt för henne. Hon var naturligtvis inte försiktig nog när hon drog fingret över eggen och en droppe blod visade sig omgående. Ett svärd smitt under bergen i Andalusien var till skillnad från de svärd man använt för tusen år sedan mycket vasst. Det skulle klara att med ett enda hugg skilja huvud och kropp åt på ett Kärrtroll.

Höstens röda och gula färger försvann så småningom och frostens vita slöja började täcka marken. Jan hade ännu inte återvänt från vad det nu var vad han gjorde. Trots att Jan hade sagt att svärd bara var en symbol för en trolljägare så övade Lisa med sitt nya, blanka och mycket skarpa svärd flera timmar varje dag. Det var faktiskt så att hon hade svårt att hitta bra träd att träna på. Hon var nu så skicklig med den nya klingan att hon kunde hugga av en björk, tjock som hennes lår med ett enda hugg. Nu var ju Lisa en trettonårig flicka som växte så det knakade så hon hade ju inte jättekraftiga ben, men ändå! På kvällarna satt hon och polerade sin utrustning och fixade saker som behövde fixas. Hon hade varit ensam i nästan två månader nu så hon tyckte det började bli skittråkigt på kvällarna. Hennes utrustning var klar, hon trodde i alla fall att den var klar. Jan hade ju ännu inte kommit tillbaka så hon kunde ju inte fråga någon. Hon hade sotade ek-kvistar i pilspetsarna och i den lilla rombrutan längst fram på den nya klingan. Kvällarna var ensamma och nätterna kalla, hon saknade verkligen Trumfs varma kropp när hon skulle sova.

Plötsligt en dag strax före jul skramlade den vita Landrovern in på uppfarten och stannade med ett ryck. Jan klev långsamt ur bilen samtidigt som Lisa for ut ur stugan som en blixt ut för att hälsa honom välkommen. Innan hon hann ta mer än ett par steg tacklades hon omkull av en grå pälsboll.

– Trumf, skrek hon och slog armarna om den stora hunden. Han ylade och gnydde och visste inte hur han skulle visa att han var glad att se henne. Den stora hunden slog nästan knut på sig själv när han gång på gång rullade runt i hennes famn. Jan kom med raska steg fram och lyfte upp henne i sina starka armar och gav henne en lång kram. Hon tyckte att hon såg en liten tår i hans ögon men hon var inte helt säker. Så här måste det kännas att ha en riktig pappa som kommer hem tänkte hon. Hon borrade sig in i hans famn och slog armarna om hans hals och bara njöt av stunden.

När meddelandet kommit och Jan tagit med sig Trumf norrut så var han ganska säker på att de bara skulle vara borta några dagar, maximalt ett par veckor. När han väl var på plats och hört sig för i den lilla turistbyn så blev han mer orolig. De hade sett konstiga spår och hört lustiga ljud, en märklig doft av död och rutten tång hade legat kvar mellan stugorna när morgonen kommit. Ingen hade sett något men det kändes inte bra. Sture, som var ansvarig för Fjällhöga turistby, hade sagt att han trodde det var en björn som stök runt mellan stugorna på natten men att det var något fel på den. De hade aldrig haft björn inne i byn förut.

Jan hade undersökt marken runt den lilla turistbyn och oron som han kände hade fått honom att stanna kvar. Spåren var tydliga, kärrtroll och eventuellt mer än ett. Det var synnerligen oroande då kärrtroll alltid hade jagat ensamma. Om man hittade spår efter två på samma plats så var det synnerligen oroväckande. Naturligtvis talade han inte om för Sture eller någon annan i den lilla byn att han upptäckt spåren. De skulle tro att han var galen och förmodligen försöka få honom inlagd på något mentalsjukhus. Fundersamt försökte han komma på om han hört talas om något fall där kärrtroll jagat i par. Han kunde inte komma på ett enda fall där något sådant hade hänt. Med en kort pennstump gjorde han en liten notering om att han skulle kolla upp tidigare händelser med kärrtroll en gång till. Han var tvungen att se om det vid något tillfälle varit mer än ett som ställt till problem på samma gång någonstans. Vad han inte kunde förstå var vad ett av dessa vidriga kreatur gjorde så långt norr ut, de var ju nästan aldrig norr om smålandsgränsen.

Det var tur att byrån hade en kontakt på Länsstyrelsen och som var snabbtänkt nog att snappa upp Stures idé. Han spred snabbt att det förmodligen var en sjuk björn som ställt till med allt elände som stört friden i den lilla turistbyn.

Inte för att någon tidning visat något större intresse för händelser i en liten fjällby med bara nio innevånare. Jan hade spårat minst ett kärrtroll från byn och in i den stora skogen som täckte den branta fjällsidan. Han hade tappat bort spåren någon mil in i skogen där trollet gått ner i en liten sjö och inte verkat komma upp igen, lite osäker var han dock. Det var något lurt med de här spåren men han var inte riktigt säker på vad. Kärrtroll brukade inte vara särskilt lättskrämda utan gick allt som oftast till attack om de blev förföljda men det här trollet hade snabbt lufsat upp i skogen och försvunnit ner i sjön. Trumf hade dessutom velat följa spåren åt ett helt annat håll, nerför en bäck som rann åt andra hållet. Det var något lurt som pågick i skogarna runt Fjällhöga. Han dröjde sig kvar i flera veckor för att försöka förstå vad.

När isen började lägga sig på sjöarna i trakten så var det hur som helst tid för att avbryta jakten för säsongen, kärrtroll går i ide på botten av kärr eller sjöar precis som grodor och skulle inte komma att ställa till några mer problem innan våren. Det var ändå dags att åka ner till stuga trettiotvå. Han log lite när han tänkte på det paket han beställt och undrade om Lisa hunnit lära sig något om sitt nya svärd. Att hon inte öppnat paketet trodde han inte för ett ögonblick på, nyfiken var hon allt det lilla livet tänkte han. Av någon anledning som han inte kunde förklara blev han alltid sentimental när han tänkte på den lilla. Han kunde skatta sin lyckliga stjärna för att han fått en så fantastisk liten flicka till lärling. Hon var den mest fantastiska lilla människa han någonsin träffat.

Sextio mil senare fick han rädda Lisa från en överlycklig Trumf, han lyfte upp henne i sina armar och gav henne en stor kram. Det är så här det måste kännas att komma hem till sin egen dotter tänkte han när en tår rann nerför hans väderbitna och skäggstubbiga kind. Han blundade och bara njöt av livet för ett ögonblick. Att njuta av livet var för Jan Jäspersson något mycket ovanligt.

Vinter kom och skogen täcktes av ett gnistrande tjockt lager snö som räckte Lisa upp över stövelskaften. Till skillnad från kärrtroll så var hasselbackstroll aktiva hela året. Flera kom nära gränsen då och då men det var inte någon av dem som vandrade över och in i de Tryggas område. På det hela taget var det en lugn tid för Jan och Lisa. Hon hade visat sina nya inövade färdigheter med den nya klingan och fått beröm men också den vanliga förklaringen att svärdet inte var deras bästa verktyg utan att hon var tvungen att öva mer med sin båge.

Hon kunde nu smyga som vinden även med sin nya skinande rustning, samtliga ringar var noga fastsydda så nu var det inget som klingade när hon rörde sig. Hon var som en ande när hon nästan svävade genom skogen. Jan var tyst när han rörde sig i skogen men han lät ändå som en flock hästar i jämförelse med Lisa. Hon kunde verkligen röra sig som en ande.

Jan stod vid dörren på stugan och tittade på henne när hon övade med sin nya stora båge och log.

– Du ser ut som en riktig jägare nu, ropade han. Lite mer muskler på kroppen och du får börja följa med ut på gröningjakt. Hennes blick dröjde sig kvar vid den sista träffen ett ögonblick innan hon sänkte bågen och log tillbaka.

– På tiden, det var supertråkigt att vara ensam i två månader.

Nästa gång vill jag också följa med, hur ska jag annars lära mig att handskas med kärrtroll? Jag har inte ens sett ett, det är dags att jag får lära mig att handskas med dem också.

Naturligtvis hade hon rätt, hasselbackstroll klarade hon för det mesta av nu men han hade medvetet hållit henne borta från gröningar.

Han såg lite fundersam ut när han svarade:

– Nästa gång, sa han innan han vände sig om och gick in. Han såg både orolig och bister ut när han tänkte på saken.

Han tänkte att ju färre kärrtroll man såg under sin livstid desto bättre var det. Det fanns ingen som kunde säga att Jan var lättskrämd eller feg men även en ytterst erfaren jägare är försiktig när det gäller de gröna. Det var en sak att jaga en hönsätande hasselbackare, en helt annan att jaga en vidrig best som såg dig som nästa lunch. De gröna var vidriga monster, det var bara så.

Han vände sig om igen och såg på henne där hon kämpade med att få ut sina pilar ur tavlans mitt. Det hade varit mycket lättare att låta henne utsätta sig för fara om han inte tyckt så mycket om henne.

Han tog upp sitt pilkoger och tömde ut den lilla slitna sammetspåsen i handen. Han vände på den och lät tummen smeka det mjuka tyget. Hans blick gick mellan den lilla tygpåsen och Lisa. Han suckade uppgivet och stoppade tillbaka den lilla påsen i kogret. Det fick bli någon annan gång, han skulle ge det till Lisa om han inte lyckades hitta den han en gång köpt det till.

9 Oroligt i norr

Vårens första grönska pyntade träden och en och annan tussilago lyste gul i dikeskanten när den svarta telefonen vid dörren ringde. Det var som vanligt Jan som svarade.

– Stuga trettiotvå. Ja… Mhh. När? Rabiessmittad björn? Men vad tusan? Vet han inte att vi inte har rabies i Sverige? Så det har brustit, skit också.

När han lagt på luren tittade han upp i taket, tog ett djupt andetag och sa:

– Packa, vi åker i morgon. Ta med allt. Lisa visste det inte men hennes första riktigt stora äventyr skulle precis ta sin början. Jan hade förgäves försökt övertala chefen att han behövde förstärkning på det här uppdraget då det kunde gälla mer en ett kärrtroll men chefen hade bara svarat att "Ingen någonsin ens hört talas om att gröningar jagade i grupp, de är alltid ensamma". Jan och Lisa fick åka norrut själva. Han hade förvisso själv gått igenom hela Byråns arkiv och inte hittat ett enda fall där kärrtroll jagat i grupp eller ens i par. Bevisen var på så sätt ganska entydiga, gröningar jagade ensamma. Oron gnagde dock fortfarande i honom, det var något med spåren han sett som inte stämde. Det var en gnagande känsla av att han nu tog med sig Lisa till en plats där döden väntade och det nötte på hans humör. Det var en sammanbiten Jan som styrde den vita bilen norrut.

I norr hade snösmältningen ställt till stora problem med översvämningar. Det hade varit en svår vinter med mycket snö och när våren kom så smälte snön undan alldeles för fort. Många byar och boställen hade blivit helt avskurna från övriga världen nu under våren. Vattenmassorna hade spolat bort både broar och ledningar och lämnat små byar som isolerade öar ute i vildmarken. En av dessa byar var just Fjällhöga stugby, den turistby som Jan varit i förra hösten. Fjällhöga stugby var något så ovanligt som en turistanläggning som hade öppet hela året. Normalt var dessa anläggningar bara öppna på vinter för skidåkande turister men Fjällhöga hade flera så kallade långliggare som stannade flera månader. Det var många människor från andra länder som ville uppleva våren och ljusets återkomst uppe på en fjällsida långt uppe i norra Sverige.

Totalt så fanns det tolv stugor som låg i två prydliga rader längst en väg som gick mellan raderna och vidare ner mot älven. Där fortsatte vägen över en bro och vidare ner mot riksväg 363. Just den här våren tog dock vägen slut redan nere vid älven för bron som tidigare knutit samman Fjällhöga med resten av världen fanns inte längre, eller den fanns fortfarande, men i spridda delar längre ner utmed älven. Som bro var den hur som helst inte längre att räkna med. Tyvärr så hade byns telefonledning varit dragen under bron vilket betydde att det gick att ringa exakt lika långt som det gick att åka bil. Byn var helt isolerad från omvärlden och ingen kunde ta sig varken ut eller in. Nu var det inget akut problem för mat fanns både i turistbyråns förråd och i den lilla butiken. Med tanke på att det inte var första gången som byn blivit isolerad en tid så var de förberedda på att sådana saker kunde hända. De hade dessutom blivit lovade att det skulle byggas en tillfällig bro inom loppet av fjorton dagar. Fjällräddningsstation 421 låg dessutom bara någon mil upp på fjällsidan, precis ovanför trädgränsen, och där fanns en radio så skulle det hända något akut så kunde man alltid få kontakt med resten av omvärlden den vägen. Det var just radion i station 421 som meddelat Byrån för onormala händelser att det kunde vara problem att vänta i Fjällhöga. Stationsbefäl Andersson på fjällräddningsstationen var knuten till Byrån som spanare och hade som uppgift att larma om något onormalt hade hänt eller om han sett spår han inte kunde tyda. Det var hans samtal med ledningen i Stockholm som fått som resultat att Jan och Lisa nu var på väg norr ut.

I Fjällhöga bodde för närvarande ett äldre grekiskt par, en ensamstående dansk mamma med två döttrar, var av en bara var tre år. Ett djupt religiöst medelålders par från Italien, samt en alkoholiserad skumraskfigur i femtiofemårsåldern. Den sistnämnda hade flytt både rättvisan och skatteverket genom att ta in i en av stugorna under falskt namn. Det var alltså en salig blandning människor som tillsammans med byvärden Sture Jönsson var fast i den lilla stugbyn.

Byn låg normalt väldigt vackert på en äng mellan granskogen som klättrade på fjällsidan och älven som brusade nere i dalgången. Nästan mitt i byn fanns en lite kulle som kallades för något så konstigt som fyrtornet. Det berodde på att morgonsolens första strålar alltid träffade toppen på kullen först och att den då lyste som en fyr. Utsikten var fantastisk ner över älven och snön täckte bergstopparna hela sommaren, det var inte konstigt att semesterbyn kunde hålla öppet hela året.

Just nu var det dock inte alls lika vackert då stockar och rester av bron låg spridda lite här och var utmed älven. Smältvatten från berget rann ner mellan stugorna och fortsatte genom byns enda gata ner till de sorgliga rester som en gång varit fästen till en bro. Roligast tyckte nog treåringen att det var då hon skuttade och hoppade i varje vattenpöl hon kom åt.

Ett problem som ingen i byn ännu kände till var att i ett par små sjöar inte långt från byn började isen att smälta och under den låg något hemskt som långsamt började vakna. Det skulle komma en vår som ingen av de inblandade skulle glömma, men heller inte riktig kunna förstå.

Jan blickade surmulet ner i det forsade och skummande vattnet som skilde den vita Landrovern och dess passagerare från byn som varit deras mål.

– Rackarns, mumlade han, och nu då?

Han vände och vred på kartan.

– Om bron som ska vara här inte längre är det så har vi ett problem. Han såg sig omkring som för att se om någon flyttat bron någon annanstans.

Han sökte längs älvens sträckning med fingret men de broar som faktiskt fanns var av rätt naturliga skäl värdelösa för Jan och Lisa. Samtliga av dessa broar tillhörde vägar som gick åt ett helt annat håll än dit Jan och Lisa var på väg.

– Jahopp, sa han, om vi åker tillbaka kan vi ta bron vid Sandabo. Kommer vi över där så kan vi gå ner till Fjällhöga. Följer vi älven så är vi framme om en vecka. Lisa stirrade över de ynkliga resterna efter den trasiga bron, på andra sidan skymtade den lilla byn.

De var så nära men skulle ändå behöva en hel vecka på sig för att komma fram. Hon suckade och klappade Trumf över ryggen,

– Jaa du, sa hon, det blir en lång promenad.

10 Lång vandring mot växande problem

Det hade gått tre dagar sedan de lyckades ta sig över älven. Bilen hade fått stå kvar på andra sidan då även bron vid Sandabo hade blivit skadad under snösmältningen. Hade de fått med sig bilen så hade de tjänat en dag men nu fick de gå redan från bron. Det skulle ta en vecka, precis som Jan hade sagt. Allt som var för tungt att bära fick bli kvar i bilen. Lisa bar sina vanliga kläder och hade all sin utrustning i en ryggsäck. Efter första dagen så krävde Jan att hon skulle byta till sin brynja och alltid ha sin båge åtkomlig. Misstänksamt hade han undersökt marken framför dem. Han var väldigt försiktig då de rörde sig framåt och läger slogs uppe i träd eller på någon klipphylla där vinden alltid blåste in mot lägerplatsen. Det var något med Jans sätt att ständigt titta sig omkring och att han alltid var väldigt försiktig som fick Lisa att förstå att det var en helt annan femma att jaga kärrtroll än att jaga bort några hasselbackare. Han hade förklarat för Lisa att om de såg en gröning så var det inte tal om att hon skulle få komma nära. Han och Trumf skulle ta upp jakten och hon skulle klättra upp i ett träd. Lisa vred på huvudet och blickade tveksamt upp på de ganska taniga granarna som växte utmed älven. Hon undrade hur lång tid det skulle ta innan en gröning lyckades välte ett sådant. Särskilt säker skulle hon nog inte känna sig uppe i ett så tanigt träd. Jan förklarade att gröningar jagade i första hand på marken så chansen var stor att de inte skulle upptäcka henne om hon satt uppe i ett träd, men man måste vara väldigt stilla. Lisa såg inte ett dugg övertygad ut.

På morgonen den fjärde dagen började det gå på rutin, tända eld, laga frukost, släcka eld, lasta alla grejor, dra åt kängorna och börja gå. Lisa hade tappat fokus redan dag ett så hon gick mest och tänkte för sig själv och tittade på naturen. En tanke som ständigt återkom i hennes huvud var om hon skulle våga fråga Jan om hon fick kalla honom pappa. Hon tyckte han var så snäll och alltid var så förstående mot henne även när hon sa emot eller brusade upp. Det hade faktiskt hänt ett par gånger på sista tiden att hon till och med skrikit åt honom. Hon hade inte menat det, det hade liksom bara blivit så, ändå så fortsatte han att vara så där snäll. Det var tur att ingen kunde läsa hennes tankar för om någon som tidigare träffat Jan skulle höra den beskrivningen av honom så skulle de förmodligen svimma.

Jan märkte naturligtvis att Lisa inte sökte av marken efter spår men var ändå ganska nöjd. Trots att hon bara lunkade med så hörde han inte en enda gång att hon klev på en kvist eller i en lerpöl, hon liksom bara rörde sig framåt utan att det hördes. Det var en av de

svåraste konsterna att lära sig som jägare, konsten att kunna gå
som på äggskal utan att knäcka dem. Han log för sig själv när han
inte hörde henne, den lilla hade blivit riktigt duktig.

Den morgonen i Fjällhöga började med att Anna, den äldre av
döttrarna till den ensamstående, danska mamman tittade ut genom
fönstret ner mot det lilla stall där turridningshästarna brukade stå
på sommaren. Hon såg att en vägg var sönderslagen och att det låg
bitar av stallets kaninburar ute på gårdsplanen. Hon kände väl till
både stallet och kaninerna för hon brukade vara där och klappa och
mata dem varje dag. Med panik i blicken sprang hon ut i
pyjamasen. De bara fötterna plaskande i det kalla smältvattnet när
hon skyndade ner till stallet. Inne i stallet var det tyst och tomt,
inga kaniner fanns kvar, bitar av inredning och pälstussar låg
överallt. En vidrig stank svävade i luften inne i den sönderslagna
byggnaden. Annas mamma hittade sin dotter storgråtande med en
blodig hårtuss från sin favoritkanin i handen, Hon tittade förvånat
runt i stallet och undrade vad i hela friden det var som luktade så
vidrigt, det luktade ruttnande lera och död. En oroväckande tanke
dök upp i hennes huvud, något var fel, väldigt väldigt fel.

Lisa lufsade på bakom Jan utan att tänka på något särskilt när hon
plötsligt gick rakt in i hans stora gröna ryggsäck utan att riktigt
förstå varför. Jan hade stannat och böjt lite på knäna samtidigt som

hans ögon blev skarpa och pilade fram och tillbaka i terrängen.

Han hade anat något snarare än sett det och nu sökte han efter vad

det nu var som inte stämde. Där, inne bland snåren låg en bit av

vad som såg ut som hönsnät. Det var kanske inget märkvärdigt

med det, men närmsta bosättning var fortfarande tre till fyra

dagsmarscher bort så var kom det ifrån? Innan Jan gjorde något

annat visade han med en handrörelse att Lisa skulle försvinna upp i

närmsta träd och att Trumf skulle stå still. Han gick ner på ett knä

och med en tyst rörelse krängde han av sig sin packning och

strängade sin båge. Ur en lite påse som hängde i hans bälte tog han

fram en nypa grått pulver och gned på skaftet till den pil som redan

låg på bågen. Med en experts tränade öga synade han pilen ett

ögonblick innan han med ett förvånat uttryck i ansiktet tittade upp.

Lisa hade studerat ett par granar som stod nära varandra för att

sedan backa ett par steg och likt en groda skutta från den ena

trädstammen till den andra samtidigt som hon förflyttade sig uppåt

i en rask takt. När hon kommit så högt att den något mindre granen

började svikta betänkligt hakade hon fast ena armen om den större

stammen och försvann in bland grenarna likt en ekorre. Det hela

tog bara ett par sekunder, ena stunden stod hon på marken och i

nästa så var det bara några vajande grenar som fortfarande rörde

sig högt uppe i trädkronorna som avslöjade vart hon tagit vägen.

Jan stirrade häpen upp mot trädkronorna och visste att det han just

90

bevittnat var något väldigt, väldigt speciellt. Han hade sett något

liknande för länge sedan när han var utlånade till tredje

drakjägardivisionen med säte i Baotou. Det låg i närheten av den

stora mur som en gång byggdes för att hålla mongoliska

spettstandstroll utanför Kinas bebyggda områden. Trollen hade

man kunnat hantera men långdrakarna, det som nu för tiden kallas

Kinesisk ormdrake hade inga problem med muren då de kunde

flyga. Hur som helst, där hade han sett en trolljägare som kunde

springa uppför en lodrätt vägg eller uppför ett träd lika lätt som om

han sprungit på vanlig mark. Den mannen hade varit fantastisk

men han hade faktiskt behövt använda händerna, Lisa höll ju sin

båge i ena handen och en pil i den andra, hur i hela friden hade hon

gjort det där? Jan hade gärna velat ropa ner henne igen för att

fråga, men ingen nyfikenhet i världen skulle få honom att avslöja

för eventuella gröningar att hon likt en liten fågel satt och kurade

uppe i toppen i en av de klena granarna. Han fokuserade åter på

det eventuella problem som låg framför dem, böjde lite på knäna,

överkroppen böjdes lätt framåt och så med halvspänd båge började

han röra sig mot nätet. Med en lätt nick fick han hunden att börja

söka. Trumf som stått stilla som en staty böjde ner sitt huvud och

smög snabbt ut i en vid båge runt den plats där nätet låg. Hans

känsliga näsa kunde hitta minsta doftspår i den mjuka mossan men

just nu hittade han inga tydliga spår utan fortsatte att cirkla runt platsen. Han var Jans spanare ifall det skulle finnas några hot i närheten. När Jan kom fram till nätet så slappnade han av en aning, han visslade lågt till Trumf som genast kom till sin husses sida. Nätet var förvisso från någon form av bur men det visade också tydliga tecken på att det varit en järv som varit framme och släpat det med sig. Förmodligen hade det fortfarande luktat av vad det nu var för djur som en gång varit innanför nätet. Det fanns säkert någon som varit upprörd över att buren försvunnit men varifrån och vem som blivit upprörd var inte Jans bekymmer. Han ropade ner Lisa och tittade förundrat på när hon på ungefär samma sätt skuttade mellan trädstammarna på väg ner som när hon varit på väg upp.

– Vart har du lärt dig det där? frågade han och pekade mot de båda träden.

Lisa såg på honom med huvudet lite på sned och sa,

– Det var väl inget märkvärdigt? Om man tittar på hur träden står så kan man liksom se en väg upp, inget märkvärdigt alls faktiskt. Jan stirrade intensivt på de två träden men han såg inte alls någon väg upp.

– Det är två träd, sa han, Jag ser ingen väg, det är ju för tusan bara två träd. Hur tusan kan du se en,, han tystnade och såg väldigt grubblande ut.

Lisa som förstod att hon hade gjort något som Jan inte kunde log nöjt och sa:

– Har man bara fotfäste på två sidor så är det liksom bara att springa upp, inget konstigt alls.

Han tyckte att det nog var rätt så konstigt i alla fall. Han skakade på huvudet och började allt mer förstå att hon var väldigt speciell, hans lilla flicka var väldigt, väldigt speciell.

Han strängade av sin båge, plockade upp sin packning och klappade Lisa ömsint på huvudet och sa,

– Vi går ett par timmar till innan vi stannar för mat. Vi har halva sträckan kvar innan vi är framme. Vi behöver snabba på.

I Fjällhöga stugby hölls det möte i storstugan på grund av nattens händelser. Det var i och för sig bara de tre kaninerna som fått sätta livet till men förstörelsen i stallet var för stor för att det skulle kunna vara något annat än björn. Det var inte ovanligt med björn runt Fjällhöga men det var något oroväckande med att det luktat så förskräckligt illa inne i stallet, det var inte normalt. Sture hade innan mötet tagit en tur upp till fjällräddningsstation 421 och talat med stationsbefälet. Han hade inte blivit mycket klokare för det. Först hade Andersson sagt att det kunde ha varit en rabiessmittad björn som hade ställt till med alla problem. När Sture då sagt att den lämnat efter sig en fruktansvärd stank vid platsen så hade Andersson bleknat och stammat något om att det nog var skabb björnen hade, rabies finns ju inte i Sverige. Med nervösa rörelser och en blick som flackade bort mot radion föste han Sture mot dörren.

– Skabb, naturligtvis är det skabb, muttrade Andersson när han stängde dörren bakom honom. När Sture lämnade stationen märkte han att de tunga ståldörrarna låstes så fort han kommit ut. Vad är det som håller på att hända här, tänkte han samtidigt som han påbörjade vandringen hemåt. Med en orolig rynka mellan ögonen funderade han på stationsbefälets konstiga uppträdande. Han skulle kalla till möte så fort han kom ner till byn. Sture samlade de övriga i storstugan och sa att tills vidare fick ingen gå ut i skogen eller vara utomhus efter mörkrets inbrott. Clark, den av staten eftersökta smågangstern och skattesmitaren menade på att Sture skulle fullkomligt skita i var och när han var ute och gick. Det var i och för sig precis vad Sture gjorde, men han sa inget för att det inte skulle bli några fler protester. Den italienska kvinnan Maria och hennes, minst lika italienska man Paulo menade på att det bästa att göra när man inte var säker var att be och låta Herren ta hand om alla problem. Det var inte alla som höll med men då deras starka tro var känd i byn så var det ingen som ville säga emot. Till och med Clark hade lärt sig att inte ifrågasätta parets gudstro. Gjorde man det skulle en lång utläggning om mirakel och annat som de, men ingen annan i byn, trodde på komma som ett

94

brev på posten. Dessutom var det mesta av utläggningarna på hetsig italienska vilket ingen mer än Maria och Paulo förstod.

Annas mamma Birgitte sa att både hon och flickorna var rädda och ville lämna byn så snart som möjligt. Sture svarade med uppgiven röst att det inte gick att komma därifrån utan att gå flera dagar genom skogen. Det var på det hela taget omöjligt. Tyvärr så var det inte möjligt att landa en helikopter på den lilla ängen utanför Fjällhöga. Bergets branta sida och trädens höjd gjorde något sådant omöjligt. Dessutom behövdes nog helikoptrarna på annat håll. Sture vidhöll att innan de var säkra på att björnen lämnat Fjällhöga så borde de ta hand om varandra och att de som var oroliga kunde sova i storstugan. Storstugan var byggd av liggande timmerstockar och hade galler för fönstren så den var mycket säkrare än de små hyrstugorna. Samtliga i byn, utom Clark, tackade ja till erbjudandet och gick till sina stugor för att samla ihop sina tillhörigheter, de visste det inte ännu men de hade en riktigt svår tid framför sig. Clark släntrade bort till sin egen stuga och drog korken ur en Grankotten-special. Det var vad han kallade det brännvin han brukade köpa av hembrännar-Hans i grannbyn. Han hade inga som helst tankar på att umgås mer än nödvändigt med övriga idioter som bodde i den lilla byn. Han ansåg sig vara betydligt smartare än allihop tillsammans, och roligare, mycket roligare.

Lisa sneglade mot Jan samtidigt som hon försiktigt smuttade på sitt varma kaffe. Ja, Jan hade faktiskt serverat henne kaffe, han hade ingen riktig erfarenhet av barn så det blev lite som det blev. Den lilla lägereldens gula sken speglades i hennes ögon där hon satt och funderade. Hon frågade plötsligt hur det var att komma nära ett kärrtroll,

– Vad är det som gör dem så mycket farligare än hasselbackare? Jan blev först lite road av frågan men när han såg på henne så förstod han att hon menade allvar.

– De är troll båda två, där tar likheterna slut. Ett hasselbackstroll flyr så fort det upptäcker en människa, om det inte är ett litet barn förstås, dem kan de ju faktiskt få för sig att äta upp ibland. En gröning ser alltid människor som mat och kommer att försöka äta upp dem. Ett hasselbackstroll hörs lång väg i skogen och dess ögon lyser i ett gult sken om natten, ja, eller blått, om det är ett ungt troll, rättade ha sig. kärrtrollen hörs inte alls, du märker dem inte alls om du är det minsta ouppmärksam. Det är bara lukten som avslöjar dem om de kommer i rätt vind. Du har väl förstått att det är därför vi alltid väljer sovplats så noga, en ingång och alltid så vinden blåser mot oss.

Lisa nickade men frågande sedan:

– Hur ser de ut? Jag menar på riktigt inte som i böckerna. Jan tänkte efter en stund och började sedan att förklara.

– De är lite som en blandning av björn, krokodil, haj och groda.
Färgen är grå/grön med svarta tentakler som hänger ner från
bakhuvudet och fortsätter i en rad mitt på ryggen. Tentaklerna
fortsätter hela vägen ut på svansen, det är från dem som den
vedervärdiga stanken kommer. Det ser nästan ut som rastaflätor
men i en rad. De har små spetsiga öron som sitter högt på huvudet
och som de kan fälla in mot huvudet, ögonen är små och sitter högt
upp. Huvudformen är väldigt speciell då hela käkpartiet sticker ut
som på en krokodil fast kortare och bredare. Tänderna ser mer ut
som på en haj. Kroppen är…
Han hejdade sig ett ögonblick och tänkte efter.

– Som en björn som står på bakbenen men bakbenen är mer som
en grodas, brett isär och med stora fötter, de har ingen päls, mer
som hajskinn. De största är över två meter höga. Deras fötter är
stora och breda men på fast mark går de som på tå så de lämnar
väldigt små spår. Framlabbarna är ganska smala men starka och
med långa och mycket vassa klor. Svansen är som på en ödla och
börjar ganska långt upp på ryggen och fortsätter nästan ända ner
till marken. Det värsta är att de inte är rädda för människor och att
de är otroligt snabba i sina rörelser. Har du någon gång sett en ödla
kila i väg så förstår du. Vilket annat troll som helst, ja utom
bergstroll förstås, flyr så fort de ser en jägare men kärrtroll bryr sig
inte. De vill äta allt och ser dig som nästa skrovmål, förklarade

han.

Jan sa att hade man varit i närheten av ett kärrtroll och fortfarande kunde andas och gå så var man antingen väldigt skicklig eller hade en otrolig tur. Lisas ögon var stora som tefat där hon satt med benen indragna under sig och med hakan stödd i händerna. Det var nästan så att man kunde se hennes öron vibrera då de sög i sig vartenda ord Jan sa. Hon älskade att lyssna på när han berättade om sådana här saker, han blev liksom inåtvänd och eftertänksam på ett sätt som hon älskade. Hon tyckte dessutom att han var väldigt rolig. Något som skulle ha fått vem som helst som någonsin träffat Jan att undra om hon var riktigt frisk. Det hade dock faktiskt funnits en till som också tyckt att Jan varit både rolig och spännande, men det var några år sedan nu. Lisa började vandra i tankarna där hon satt och tänkte på sina första minnen i livet. Hon önskade så starkt att hon skulle ha några minnen av sina föräldrar. Med en frånvarande blick tänkte hon på brevet och hur allt hade kunnat vara.

11 Lisas historia

Lisa hade aldrig sett sina föräldrar och efter vad hon hört hade hon blivit lämnad till Byråns barnhem som mer eller mindre nyfödd. Hennes mamma Evelina, Lisa hade naturligtvis inte en aning om att mamman hade hetat det, hade varit en glad och trevlig ung kvinna som älskade att vara ute i naturen. Hon var alltid nyfiken på vad livet hade att erbjuda. Det bruna håret och den fräkniga lilla uppnäsan hade Lisa fått efter henne. Evelina var lite speciell då hon ofta talat om för sina vänner att hon sett vättar eller skogsväsen som enligt de Tryggas uppfattning bara fanns i fantasier och sagor. Förmodligen hade hon burit starka drag av vidsynthet i sig och i de trakter där hon brukade gå ut i skogen fanns det vid den här tiden en liten grupp norska dvärgstenstroll som pilat runt. Hon hade kunnat försvinna ut på långa vandringar i skogen och vid flera tillfällen hade hon hunnit gå flera mil och inte kommit hem innan det blivit mörkt.

Under en av sina vandringar i skogen träffade hon på en storvuxen man som hon upplevde som otroligt spännande och som dessutom var fantastiskt stilig. De hade första gångerna de möttes bara hälsat artigt på varandra men Evelina hade varje gång vänt sig om och tittat längtande efter honom. Han var betydligt äldre än Evelina men hon sökte sig till samma skogsområde allt oftare för att med lite tur stöta på honom igen, hon var väldigt nyfiken på denna mystiske och stilige man. När hon under en tidig vår träffade honom igen och vågade prata med honom för första gången så upptäckte hon att han inte bara var stilig, han var snäll och intelligent men på ett tillbakadraget och nästan lite buttert sätt. Solen hade silat blekt genom de fortfarande bladlösa björkarna men en och annan tussilago lyste på marken som små gula solar. När hon fått se en så hade hon glatt skuttat fram och plockat den. Hon fäste den i sitt hår och när hon hastigt vände sig om upptäckte hon att han såg på henne med värme i blicken. Han log blygt innan han hastigt slog ner blicken, en lätt rodnad hade spridit sig på hans kinder.

Hon sprang till skogs så ofta hon kunde och märkte att hon började träffa på honom allt oftare, nästan som om han hoppades att hon skulle komma och väntade på henne. De kunde vid sådana här tillfällen gå långa sträckor tillsammans och prata om allt och ingenting, hon tyckte att han verkade lite intresserad av henne men han var så reserverad att det var svårt att säga.

När hon hade frågat honom vad han jobbade med eftersom han hade tid att vara i skogen så ofta så fick hon veta att det var skogen som var hans arbetsplats. Exakt vad han gjorde där fick hon dock aldrig riktigt koll på. De träffades i skogen av och till i ett par år tills hon en dag inte stod ut längre utan frågade honom rakt ut om han inte tyckte om henne? Han hade sett lite generat på henne och sagt att han tyckte mycket om henne, han tyckte hon både var trevlig och lättsam att tala med, att han blev glad varje gång de sågs. Nu blev hon lite upprörd.

– Men, som kvinna menar jag, tycker du om mig som kvinna? Hon hade upprört slagit ut med händerna och hennes kroppsspråk visade att hon krävde ett ärligt svar.

Nu hade han blivit högröd i ansiktet och stammat fram att naturligtvis gjorde han det men hon var ju så ung att han inte ville tänka på henne på det sättet. Hans blick hade envist fastnat på hans stövelspetsar när han nervöst trampade på stället. Hon skrattade till och sa att hon faktiskt snart skulle fylla tjugotvå år och hon inte hade några som helst problem med att det kunde skilja, hon sneglade upp mot honom när hon funderade, kanske tio, tolv år mellan dem. Han hade muttrat att det eventuellt var några år till men sedan hade han plötsligt böjt sig fram och pussat henne på pannan. Han var ju ganska lång så hon fick ställa sig på tå och sträcka ansiktet uppåt för att stjäla en första kyss. Det ena ledde till det andra och allt efter som tiden gick blev de ett par. Hon hade ganska snart efter den dagen flyttat in i hans lilla lägenhet och deras liv tillsammans tog fart på allvar. De förlovade sig på midsommarafton samma sommar. Hon älskade sin stora, starka man och efter vad hon såg så var hans känslor för henne lika starka.

När han varit borta på något jobb några dagar och kom hem så sken han alltid upp så fort han såg henne. Han hade vid upprepade tillfällen viskat i hennes öra att hans hjärta var i hennes ägo och alltid skulle vara det. Deras kärlek blommade i kapp med sommarens ängar. Samma ängar som de brukade ligga på och stirra upp på molnen. Den dagen när hon berättade att hon väntade barn så satt de tillsammans på sängen i sin lilla lägenhet och planerade hur och när de skulle hålla sitt bröllop. Han hade lyft på huvudet och mållöst stirrat på henne med tårar rinnande nerför hans skäggstubbiga kinder med ett nästan fånigt, lyckligt uttryck i ansiktet. Hon hade fått trösta honom och hade krupit upp i hans stora breda famn. Han hade börjat berätta att barn var något han alltid velat ha men aldrig någonsin trott han skulle få. Hon hade leende kysst honom och sagt att nu skulle han bli pappa. Nu skulle han äntligen få bli pappa. Med tårarna rinnande nerför kinderna hade han berättat att det varit länge sedan han slutat hoppas på att det någonsin skulle hända. Han hade plötsligt skrattat till och sagt att "Nu var början på den bästa tiden i hans liv". Hon hade gosat in sig djupare i hans kraftfulla famn och rättat honom "Våra liv, våra". De hade suttit kvar länge på samma sätt den kvällen och bara njutit av tanken om det liv som låg framför dem.

Trots att Evelina började bli allt rundare fortsatte hon följa med honom i skogen. Han var så otroligt duktig på att se olika spår eller att peka ut någon ovanlig fågel som flög högt ovanför dem. De hade efter mycket funderande bestämt att skjuta på bröllopet tills barnet var fött. Hon ville inte gifta sig när hon var gravid och han var tvungen att åka på ett jobb i Kina. Hon tyckte att det var lite oklart vad det var han skulle göra där men det var viktigt och han var tvungen att ge sig av omedelbart. Han pratade aldrig om sitt jobb med henne men hon visste att han jobbade med säkerhet inom ett statligt företag. Hon hade frågat honom då och då men han hade alltid svarat svävande och att det var lite svårt att förklara på ett enkelt sätt. Han var rädd att hon skulle skratta åt honom eller tro att han hade en skruv lös. På något konstigt sätt hade hon accepterat hans förklaringar, när han var redo skulle han nog berätta.

Den dagen han hade åkt på sin jobbresa till Kina så reste Evelina ner till sina föräldrars gård. Den låg en bit söder ut, i gränstrakterna mellan Östergötland och Småland. Det var en fin liten skogsgård som låg mellan en liten å och det inte allt för hårt trafikerade järnvägsspåret som en gång byggts för att transportera timmer ut till stambanan. Det var hennes mamma som sagt åt henne att komma då hon inte tyckte om att Evelina skulle vara ensam så nära förlossningen. Evelina hade först viftat bort sin mammas oro men hade till slut gått med på att komma ner, gården var ju trots allt hennes barndomshem. Hennes mamma insisterade dessutom på att hon skulle föda barnet på gården och inte åka in till något sjukhus.

– Ett barn ska känna att det tillhör marken det så småningom ska komma att ärva, hade mamman sagt. Hon hade tagit en näve jord och visat Evelina för att förstärka sina ord. Ett barn ska känna samhörighet med jorden under sina fötter. Förmodligen hade även Evelinas mor ett visst drag av vidsynthet.

Veckorna gick och tiden för förlossningen närmade sig. Evelina hoppades att hennes älskling skulle hinna hem i tid och få vara med. Hon hade ringt till den byrå där han jobbade men fått till svar att han förmodligen skulle behöva vara kvar i Kina ett par veckor till. Det hade tydligen inte gått så bra som man hoppats. Hon hade lagt på luren med ett besviket uttryck i ansiktet. Evelina blev kvar på gården under tiden, så här nära förlossningen ville hon inte vara ensam. Det var också där på gården som Lisa föddes och det hade på det hela taget gått riktigt bra. Evelina hade hållit den lilla flickan i sin famn och sagt att vänta bara tills pappa kommer hem, han kommer nog att skämma bort dig ordentligt. Den lilla flickan hade grimaserat och viftat lite med armarna till svar. Evelina hade skrivit till sin älskade och berättat att han nu var pappa till en liten flicka. Hon ville döpa flickan till Liselott men det fick vänta tills han kom hem. De kunde kanske gifta sig och döpa flickan samtidigt? Det var väl en toppenidé? Han hade skrivit ett långt och känslosamt brev till svar där han förklarade sin eviga kärlek till både sin älskade och sin nya dotter. Han hade lite skämtsamt undertecknat det med "Pappa".

Barnet hade hunnit bli lite drygt en månad när katastrofen slog till. Det hade enligt polisrapporten förmodligen varit någon form av djur som angripit gården, lite oklart vad. Det påstods i tidningen att det kunde varit en björn eller en liten grupp med vargar men spåren var ytterst oklara. Det stod ingenting i rapporten var dessa vargar plötsligt skulle kommit ifrån eller hur de hittat fram till de småländska skogarna, men det är en annan historia. Man hade hittat rester efter en ko, men inte rester efter någon människa. Polisen trodde att folket på gården nog hade hunnit lämnat den när, vad det nu var för djur som börjat härja runt inne i ladugården. De hade bara delvis rätt, Evelina och hennes båda föräldrar hade inte lyckats lämna gården i tid. Den lilla flickan hade kommit undan men bara hon. När angreppet startade tog det inte någon lång stund innan Evelina insåg att allt hopp var ute. Till skillnad från de flesta Trygga så förstod hon vad som höll på att hända. Hon visste inte vad det var för sorts odjur men hon visste att det skulle sluka dem alla. I ett förtvivlat försök att rädda sitt lilla barn sprang hon. Evelina sprang bort från gården längst järnvägen när ett godståg långsamt kom gnisslande längst spåret. Den sista av de tomma godsvagnarna var fortfarande inom räckhåll. Hon hade börjat skriva Liselotts namn på det brev hennes älskade skickat men som hon ännu inte hunnit läsa. Det var när hon varit på väg från postlådan hon hade upptäckt det förfärliga som uppenbarat sig på gården. När hon såg tåget släppte hon pennan och började springa. Brevet tryckte hon ner i den lilla overallen som flickan hade på sig. Hon hade försökt att klättra upp på vagnen men tåget gick alldeles för fort, hon tog då ett smärtsamt beslut och slängde helt enkelt upp det lilla knytet hon burit i famnen. Hon vacklade av utmattning för att till slut stanna. En förlamande sorg tvingade ner henne på knä. Som i kramp och med sina tårfyllda ögon fäst på den sista vagnen vaggade hon fram och tillbaka. En röd ensam lampa blinkade lojt mot henne samtidigt som vagnen försvann runt kröken. Säker, nu är hon i alla fall säker, tänkte hon samtidigt som en pust hördes bakom henne, den förde med sig en vidrig stank.

Senare, när Lisas pappa förtvivlat försökte förstå vad som hänt och vart hans lilla familj tagit vägen fanns inte Lisas mamma längre. Lisa hade hittats i Ängelholm av en järnvägsarbetare på en öppen godsvagn som kommit norrifrån. Då ingen kopplade samman ett nyfött barns uppdykande i Ängelholm med de händelser som utspelade sig uppe i Småland så fick staten ta hand om flickan medan man letade efter hennes föräldrar. Hon hade först hamnat på ett vanligt sjukhus för att sedan bli överförd till Byråns barnhem. När personalen på sjukhuset började ta av den smutsiga overallen som klädde den lilla flickan såg en av sköterskorna att det låg ett brev innanför den. Det stod något klottrat på kuvertet, Lise, de läste dock fel och tyckte det stod Lisa. Det var så den lilla flickan fick sitt namn.

Lisas pappa, som aldrig träffat sitt barn, letade förtvivlat i flera år utan att komma i närheten av sanningen eller riktigt förstå vad som hänt. Det var lite ironiskt eftersom han kanske var den av alla inblandade som hade varit bäst på att förstå bara han kommit till platsen innan polisen varit där.

En rapport om försvinnandet upprättades förvisso men då polisen inte hade några ledtrådar så hamnade ärendet snart i arkivet som ett så kallat kallt fall. Hennes pappa slutade aldrig att leta men drog till slut slutsatsen att Evelina lämnat honom med barnet, kanske var hans resa till Kina och det uppskjutna bröllopet det som fick henne att tröttna på honom. Hans känslor för sin unga, blivande hustru slocknade dock aldrig och han skulle komma att bli allt bittrare med åren.

Det var så Lisa hamnade på barnhemmet för vidsynta barn. Hon hade egentligen inga minnen från barnhemmet då Byrån bara lät barnen vara kvar där tills de var tre år. Det var när man var tre år som skolgången började och barnen blev då förflyttade till skolan för vidsynta, som för barn från Europa låg uppe i bergen i Andalusien. De första åren var mest till för att barnen skulle lära sig att tala och skriva de många språk som talas inom Byrån. Naturligtvis så var en stor del av barnens tillvaro märkt av att vuxna inte talade om för barnen vad som fanns och vad som inte fanns, det var en av de viktigaste delarna av den tidiga inskolningsprocessen. Barnen fick tro och påstå att de sett lite vad som helst utan att någon vuxen rättade dem eller sa att något sådant inte fanns.

Det var det som var själva nyckeln till att bevara barnens förmåga att lita på vad ögonen såg och inte vad folk sagt åt dem att se.

Hennes första starka minne var från vad som kallades för Avskiljningen. Det var ett prov som samtliga elever gjorde när de fyllt sex år. Hon kom ihåg att hon fått gå in i ett enormt stort rum (egentligen var det en av världens största grottor som låg långt under de Andalusiska bergen, faktiskt granne med smedsdvärgarnas verkstad där all rustning och alla vapen till de europeiska jägarna tillverkades) och gå en liten snitslad bana för att se sig omkring. Det var ett fantastiskt ställe där träd och buskar växte och vackra, stora, kristaller stack upp lite här och var. Hela stället var upplyst av ett antal eldar som reflekterade sitt ljus i kristallerna och gav ett överraskande mjukt och behagligt ljus. Ljuset var tillräckligt starkt för att man skulle kunna se över hela rummet men ändå så svagt att även de ljusskyggaste varelserna vågade sig fram. Det var första gången som hon såg ett troll. De kilade skyggt över gången framför henne och uppe på klippväggarna satt små dvärgdrakar och kikade ner. Hon hade blivit helt betagen av att se så många nya varelser, saker som man bara pratat om tidigare. Hon hade sett fantastiska varelser som små vasspringaretroll och de urgulliga norska dvärgstenstrollen. Det här var troll som på inget sätt var farliga för människor och som förr i tiden kallades för vättar.

Hon visste det inte men både smådrakar och dvärgtroll gick under samlingsnamnet Knytt. Ofarliga små varelser men som ändå skulle få vilken Trygg som helst att skrika sig hes av fasa. I den lilla bäcken hade en liten vattendrake simmat runt men snabbt gömt sig så fort hon kommit för nära. Vattendrakar var kända för sin skygga natur, även när de var stora som lastbilar och starkare än något annat djur på planeten. Det fanns massor av vattendrakar ute i det fria men de upptäcktes nästan aldrig av de Trygga då de var så skygga att de alltid gömde sig när någon kom för nära. Hon hade gärna stannat inne i grottan hela dagen men vandringen var över på bara två timmar. När de sedan skulle skriva ner vad de sett så visade det sig att Lisa var den enda eleven som hade sett alla varelser även om hon inte hade vetat vad alla hette.

Dagen efter så saknades nästan hälften av eleverna, det visade sig att klarade man inte provet så fick man lämna skolan och blev överlämnad till de Tryggas skolgång. Nu var det inte jättesynd om de elever som fick lämna skolan för vidsynta. De hade ungefär samma kunskap som en Trygg som gått genom hela grundskolan och då var ju de här barnen ändå bara sex år. De flesta klarade sig riktigt bra i den Trygga världen. Det var helt enkelt så att alla inte hade förmågan att bli vidsynta, vissa blev Trygga oavsett om de fick alla förutsättningar för att inte bli det.

Lisa var helt uppslukad av vad hon sett. Det hade varit den dagen hon blivit fast besluten att lära sig så mycket hon kunde. Hon ville verkligen bli en del av den värld hon just sett en glimt av. Hon hade varit en lysande elev från första dagen men allt efter som så hade hon tröttnat lite. Det var så mycket prat och teoretiska prov. In i den magiska grottan kom de inte någon mer gång. Hon var ofta ute i naturen för att se om hon kunde se någon varelse eller något litet knytt men runt skolan var allt sådant för länge sedan borta. Tyvärr så var hon nog lite för ofta ute och sprang på branterna runt skolan och missade då och då en eller annan lektion. Hennes betyg sjönk de sista åren från MVG rakt över till något enstaka MVG, resten sänktes till VG och på kursen bergstroll fick hon sitt enda G. När hon i tolv års ålder kallades in till rektorn så var hon säker på att hon inte skulle få vara kvar i skolan längre på grund av sina betyg som långsamt gått från bäst till inte riktigt lika bra. Hon hade grämt sig och varit sur och nästan lite näsvis när rektorn förklarat att det var dags för henne att packa ner sina saker. Hon trodde att hon skulle bli skickad till en vanlig skola men istället hade hon fått den glada överraskningen att hon nu var klar med sin teoretiska utbildning. Det var dags för henne att påbörja sin praktiska utbildning och den sköttes av byrån. Hon hade fått veta att hon skulle vara lärling hos någon Anders men av någon anledning hade det ändrats och hon fick börja som lärling tillsammans med Jan istället. Vilken tur jag hade tänkte hon när hon drömmande kikade på honom över elden. Han är så snäll och trygg, han är säkert nästan som en riktig pappa.

12 Vandring bland matrester

Jan väckte Lisa ur hennes dagdrömmar med en öm klapp på hennes kind. Hon blinkade lite yrvaket när hon tittade upp och såg att han log lite mot henne, han sa att nu var det dags att sova. Hon lade sig ner och drog upp sovsäcken till näsan samtidigt som Trumf buffade och knuffade för att komma så nära henne som möjligt. Hon lade armen runt den oborstade hunden och blundade belåtet. Vem kunde ha det bättre än så här undrade hon samtidigt som hon långsamt drev in i drömmarnas rike.

På morgonen när hon vaknade var hon tacksam för att Trumf hade legat så nära henne hela natten. Det hade varit riktigt kallt och en tunn hinna av frost låg över marken. Den gav naturen ett märkligt skimmer när morgonens första solstrålar träffade marken. Hon satte sig upp och såg sig lite yrvaket omkring. Hon såg att Jan redan startat en liten eld och att några bitar skogshare låg på en flat sten mitt i elden. Det knorrade i magen på henne när hon drog på sig sin brynja. Hon var hungrig och såg fram emot att få sätta sig och äta lite frukost. När allt var packat och elden släckt så var hon pigg som en mört och fullkomligt studsade fram i skogen bakom Jan. Hon hade fått kaffe till frukost och att ge kaffe till ett snart fjortonårigt barn är som att ge socker till en treåring, därav studsandet och hoppandet.

– Hur långt är det kvar? undrade hon kvittrande som om de var på vilken liten biltur som helst.

Jan hade svårt att inte ryckas med av hennes goda humör men var samtidigt väldigt vaksam då han hade en ganska klar uppfattning vad de hade för problem framför sig. Det skulle visa sig att han hade både rätt och fel i sin uppfattning men det visste han förstås inte ännu.

– Vi är framme om tre dagar, sa han, men det kan ta ytterligare en dag om vi måste ta det försiktigt. Det beror lite på hur det ser ut längre fram, är det gott om spår så får vi dra ner på tempot. Vi ska inte bjuda någon gröning på lunch utan se till att den är på tryggt avstånd innan vi närmar oss byn.

De fortsatte gå och Lisa försvann snart in i sina dagdrömmar samtidigt som Jan gick allt mer uppmärksam ju längre dagen gick. Hans ögon pilade fram och tillbaka över marken framför dem när han sökte efter spår. Trumf var långt framför dem och sökte av marken med sin känsliga näsa. Han var deras viktigaste vapen när det gällde att hitta spår. Lisa trivdes riktigt bra där hon gick, vårsolen började värma i hennes ansikte och redan hade de första små fräknarna på hennes näsa blivit synliga. Naturen så här långt norrut vaknar fort till liv när våren kommer och hon såg på de små förvridna björkarna att de när som helst skulle låta sina blad slå ut. Hon tyckte att just den här tiden på året var nog den bästa, när det började att bli varmt men man fortfarande har hela den härliga sommaren framför sig. Plötslig dunsade hon in i Jans stora gröna ryggsäck igen vilket väckte henne ur hennes dagdrömmar.

– Vad? frågade hon med stora, förvånade ögon, tystare, nästan viskande frågade hon igen, Vad är det som är fel? Svaret låg framför henne i form av något som såg ut som en amerikansk fotboll. Det var en avlång klump som var ungefär tre decimeter lång och två decimeter i omkrets. Den såg ut att vara gjord av tyg och benbitar. Var den kommit ifrån visste hon inte, eller vad den gjorde här ute. Hon förstod däremot att det betydde att det kunde finnas något farligt som fortfarande befann sig i närheten. Hon hade sett hur Jan hade förändrats när han såg klumpen. Han drog ner sin stora båge från ryggen och strängade den i en och samma rörelse. Den svarta pilen låg på stocken innan han ens hunnit tänka på vad han gjorde, allt gick automatiskt. Hans ögon sökte av omgivningen samtidigt som han viskade tyst till Lisa att vara helt stilla. Han nickade mot den lilla bollen och väste:

– Spykula från gröning. Det de inte kan smälta spyr de upp och då ser det ut så där. Du kanske inte kan tro det när du tittar på den men det där är resterna efter en människa. Den gröning som spytt upp den här har ätit någon det senaste dygnet.

I Fjällhöga hade den senaste natten varit ännu värre än den förra, ingen, varken djur eller människa hade dock kommit till skada i storstugan men något hade rivit mot dörren och vid ett par tillfällen hade de hört att något försökte gräva sig in genom väggen. Barnen hade gråtit hela natten och de vuxna hade samlats mitt i stugan i en tät liten grupp. Det var bara Sture som aktivt jobbade hela natten med att hela tiden försöka förstärka de väggar som det märkliga odjuret försökte riva ner. När morgonen kom hade monstret, ingen trodde på allvar längre att det bara var en björn, nästan krafsat och grävt sig rakt igenom den kraftiga timmerväggen. Samtidigt som solens första strålar träffade husväggen upphörde oljudet och det blev tyst som i graven utanför. När Sture och den fortfarande bedjande Paulo gick ett varv runt storstugan så såg de att de flesta av väggarna bara hade små skador men den väggen som vette mot skogen var så sönderriven att solens stålar strilade igenom både här och där. Väggarna i storstugan var av hela trästockar som timrats på varandra men trots att de var solida och nästan en halvmeter tjocka så skulle den väggen nog inte klara en natt till. Innan Sture fullkomligt kollapsade av trötthet slog han upp en improviserad fasad med grova brädor och lite vad som helst skrot han hittade över de mest angripna ställena. När han planlöst vandrade runt i stugbyn och letade efter något att förstärka väggen med stötte han plötsligt på en trasig älgstudsare. Sture, som till skillnad från de flesta män i trakten, inte jagade visste inte exakt vad det var för studsare men han var ganska säker på att den inte skulle vara vikt på mitten. Han lät den ligga och fortsatte sin jakt på tillräckligt kraftiga brädor för att hålla odjuret ute ytterligare en natt.

Clark, som tack vare att han kvällen innan tömt en hel liter Grankotten-special sov som en stock genom hela natten. Han vaknade dock tidigt på morgonen av att någon verkade tömma hans förråd av sprit som han hade gömt ute på verandan. Det brakade ordentligt när något, troligtvis en björn slog sönder hans låsta och välbyggda låda där han förvarade sina mest värdefulla tillgångar. Anledningen till att han förvarade dem i en låst låda utomhus var för att det som han betraktade som sina mest värdefulla tillgångar var synnerligen brandfarligt och dessutom smakade bäst när de var väl kylda. Han vaknade upp med ett stön och drog på sig en morgonrock och ett par gummistövlar men blev sedan lite osäker på vad han skulle ta sig för. Han sneglade på den tomma flaskan som stod på bordet. Synd att han inte lämnat några droppar. Han hade behövt få i sig en stänkare innan han tog tag i den jäkeln som härjade på verandan. Ur en aldrig sinande ström av dåliga idéer plockade han nu fram ännu en. Under en lös golvplanka, som inte var lös innan Clark flyttade in, förvarade han en älgstudsare i kaliber 9,3x62. Det var ett vackert gevär tillverkat av Husqvarna gevärsfabrik och som kommit i Clarks ägo några år tidigare. Han hade mer eller mindre av en slump kommit över geväret när han hade besökt en stuga ute på en ö i Mälaren. Han hade förvisso inte varit inbjuden till ön och när han besökte stugan så var det heller ingen annan där. Han hade helt enkelt krossat en ruta och klättrat in. Han hade rotat runt efter något av värde när han snubblat på en lös bräda i golvet. Med ett brak hade han fallit pladask. Svärande hade han kravlat upp på knä för att kontrollera vad i tusan han ramlat över. Till hans oförställda förvåning och överraskande glädje låg studsaren där. Någon hade kommit på den fantastiska idén att gömma den under plankan. Clark hade tyckt att det var ett riktigt bra gömställe. Ingen skulle väl titta under en lös golvplanka så han skulle komma att förvara geväret på samma sätt. Något som aldrig föll honom in var att han faktiskt hade hittat det och att ett sådant gömställe kanske inte var så bra ändå. Givetvis visste varken staten eller den tidigare ägaren att Clark nu hade tagit vapnet i besittning och betraktade sig som dess nye och rättmätige ägare. Någon licens på vapnet hade han naturligtvis inte. Skulle han försökt ansöka om en sådan så hade det förmodligen bara resulterat i att han blivit inlåst på någon anstalt.

Hans grumliga hjärna jobbade på en akut räddningsplan för de droppar som fortfarande skulle gå att rädda, men nu var det ju så, en gång för alla, att tänka var inte riktigt hans grej. Ville han försöka rädda en flaska eller två som eventuellt fortfarande fanns kvar och var oskadd så var han tvungen att skrämma bort björnen eller ännu hellre döda den. Lyckades han med att döda den så skulle han nog bli lite av en hjälte i byn. De övriga räddhågsna kräken satt ju och skakade som skrämda harar inne i storstugan. Clark, som inte hade någon utbildning på vapen, hade naturligtvis låtit geväret ligga både laddat och osäkrat. Det skulle med andra ord inte vara något problem för honom att få det att säga pang. Han tog ett stadigt tag i vapnet, sparkade upp sin dörr och skrek,

– Hörö, öö, han lyfte geväret och sköt mot den stora skuggan ute på verandan.

När han drog tillbaka slutstycket för att ladda om lyckades han få in sin tumme i magasinsgången och klämde den rejält när han tryckte fram slutstycket igen.

– Aj f.. var det sista Clark sa innan han försvann ner i ett synnerligen annorlunda matsmältningssystem. Ett matsmältningssystem som tillhörde ett väldigt ilsket kärrtroll med svidande skinn. Ingen Trygg skulle någonsin få veta vart han tagit vägen och den enda som skulle komma att sakna honom var Hembrännar-Hans. Han som dels inte fått betalt för den senaste leveransen och som dessutom blev av med sin största kund.

Lukten på det lilla byltet som Jan hade hittat visade att det förmodligen var under morgonens tidigaste timmar som en gröning kräkts upp den boll som var de sista resterna efter en skithög till människa som gått under namnet Clark.

Han behöll sin båge spänd men slappnade av lite, Trumf hade försvunnit i spåret efter gröningen men hade ganska snart kommit tillbaka. Till och med Lisa visste att om inte Trumf kunde följa spåret längre än några minuter så hade förmodligen gröningen gått ner i en sjö eller något kärr i närheten.

  – Vi får öka takten, väste Jan, annars är det risk att vi kommer för sent. Vi är trots allt här för att se till att just sådant här inte sker sa han, han pekade på högen igen. För oss är det här ett stort misslyckande.

Nu kunde ju Jan inte veta att det kärrtroll som mumsat i sig Clark med största sannolikhet gjort de Tryggas värld en stor tjänst bara genom att välja rätt sorts kvällsmat. En sak som var väldigt klar där och då var att från och med nu skulle de gå fullt rustade. Jan hade redan sin långa pansarklädda rock på sig men nu spände han även på sig sitt långa svärd vid sidan och satte den enligt Lisa, extremt fula hjälmen på huvudet. Det var en tingest som satt tätt utmed hans huvud och hade som en järntunga som gick ner över hans näsa. Krönet på den var täckt med vassa spikar som pekade åt alla håll och ett skinnstycke från kinesisks drakbuk hängde ner på baksidan så att nacken täcktes. Jan tyckte att den var väldigt behaglig och smidig att bära, Lisa tyckte att den var skitful. Skulle man välja sida i den striden så lutade det nog mest åt att Lisa hade rätt, den var verkligen skitful. Lisa satte också på sig sitt svärdsbälte, eller svärdssele kanske man ska säga, men till skillnad från Jan så hade hon inte en klinga utan två i sin sele. Hon hade naturligtvis sitt nya större svärd med tillhörande ek-kvist men också sitt första, lilla svärd. Den första gåva någon någonsin gett henne och som hon aldrig tänkte lämna ifrån sig. Hon älskade det lilla svärdet. Jan hade under en dag när han var lite truligare än vanligt frågat när hon skulle göra sig av med den där lilla bäbisklingan. Den långa och upprörda utläggning han fått till svar hade gjort att han lät henne göra som hon ville med sina båda svärd, han tyckte dock att det såg lite lustigt ut med två svärd som stack upp över ryggen. På huvudet hade inte Lisa någon hjälm utan en huva med brynjeringar av samma slag som i hennes kroppsbrynja. Den hakades fast i hennes rustning bak på ryggen och hängde ungefär som luvan på en tröja. Hon kunde dra i en ring som satt vid halsen och huvan åkte upp i ett nafs. Den klarade av

att hindra klor och tänder men mot ett hårt slag hjälpte den inte så

mycket. Jan hade förgäves försökt förmå henne att bära en hjälm

men hon totalvägrade just för att hon tyckte de var så fruktansvärt

fula.

Jan hade för länge sedan insett att han nog skulle behövt gå en kurs

i hur man uppfostrade en tonårstjej. Han tyckte att gröningar var

riktigt otäcka men ibland var det minst lika skrämmande att ha

med en ombytlig tonåring att göra. Hon hade precis som Jan en

båge och tre svarta pilar i ett koger där mellanväggar noga höll

pilarna isär så att fjädrarna inte skadades. Hennes koger hängde

dock inte på ryggen utan vid vänster höft. Bågen hade hon i

handen. Hennes ben täcktes av vita stövlar som passade henne

perfekt och som gick ända upp över knäna. De var gjorda av

samma vita skinn som det under hennes ringbrynja. När hon var

klädd på det sättet var hela hennes kropp skyddad mot det mesta

som hon kunde stöta på. Kläderna var smidiga och skyddande utan

att hon blev klumpig eller hade svårt att röra sig. När Jan spänt sin

hakrem så vände han sig om och trots att han ofta sett henne i

rustning så var den glittriga huvan ny. När han nu såg henne för

första gången med den uppfälld så häpnade han. Solens strålar

spelade och reflekterades i de gyllene ringarna och det vita skinnet

under lyste som starkt månsken, hela hon sken upp som en

gudinna eller ett barn av solen, hon hade spänt sina två klingor, inte vid sidan av benen som han utan bak på ryggen så att de kom att sticka upp som små vingar. Nere vid vänstra höften hängde hennes pilkoger men hon höll den fortfarande osträngade bågen i sin hand. Han stod med öppen mun och kunde bara stamma fram:

– Du, du ser ut som en vacker ängel.

Hon log och snurrade ett varv för att visa honom för att sedan buga lite käckt till tack. Jan tog både sin och Lisas packning på sin breda rygg. Han såg noga till att den inte fastnade i hans utrustning så att han lätt kunde släppa den.

Resterande delen av dagen småsprang de med lätta och sviktande steg genom den glesa granskogen utmed den brusande älven.

Ett lätt frasande hördes när blåbärsris och ljung rasslade mot deras stövlar. Det var helt enkelt det lättaste sättet att ta sig fram bland den ljungbeklädda och snåriga terräng de nu befann sig i. De höll ett högt tempo, när de stannade för natten sa Jan att de förmodligen tjänat in en halv dagsmarsch. En dag till och sedan skulle de försöka undsätta Fjällhöga, om två nätter borde de ha löst problemet. När lägret var i ordning den kvällen och den lilla elden sprakade hemtrevligt, låg Lisa tillbakalutad i den mjuka mossan. Hon tittade upp mot den vackra natthimlen som började tända sina stjärnor en efter en i det tilltagande mörkret. Plötsligt och utan att tänka efter frågade hon:

– Tror du att mina föräldrar någonsin ångrat att de lämnade bort mig? Jan såg lite förvånat upp från matlagningen och funderade ett ögonblick. Han fick något sorgset i blicken när han till sist svarade,

– Jag vet faktiskt inte, de har ju inte sett dig växa upp så de har ju ingen aning om vad de gått miste om. Hade de sett dig så nu så hade de absolut ångrat sig. Jag är i alla fall glad att de lämnade dig till barnhemmet, annars hade du och jag aldrig fått träffats. Hon log men hade samtidigt ett vemodigt uttryck i ansiktet.

– Jag hoppas fortfarande på att få träffa någon av dem någon gång i framtiden, bara för att åtminstone få veta varför de inte älskade mig. Jag menar, de kan ju inte ha gjort det när de inte ens ville ha mig, eller hur? Man lämnar väl inte bort någon man älskar?

Jan ställde undan den lilla grytan och tittade länge över elden på henne. Med en mjuk och varm röst sa han lågt,

– Jag vet bara att om de hade träffat dig och sett dig som jag ser dig så hade de inte kunnat låta bli att älska dig. Hon var för upptagen med sina egna tankar för att höra den djupa värmen i hans ord.

– Jag tror att pappa ville ha mig i alla fall sa hon. När jag var nyfödd så skrev han ett brev till mig och mamma, han var utomlands då, men mamma öppnade det tydligen inte. Det var i alla fall vad de sa på skolan när jag försökte ta reda på vem jag är. Det hade tydligen varit oöppnat när de hittade mig, polisen var de första som läste det. När man aldrig haft några föräldrar så kanske man hoppas för mycket? Jag vet inte så noga, sa hon och torkade bort något från ögonen, jag har kvar brevet i alla fall. Det står att han inte kan vänta på att få träffa mig och att han längtar jättemycket men, hon tystnade ett ögonblick och blundade hårt, när hon fortsatte var det med en nästan ljudlös viskning, det kanske bara var ord för han kom ju aldrig. Han kom aldrig och jag hamnade på barnhem.

Jan såg allvarligt på henne och tänkte, visste du bara hur stolt jag skulle vara om du var min dotter så hade du kanske inte varit riktigt lika ledsen. Han avslöjade dock inte sina hemliga önskedrömmar för henne. Med en plötslig rörelse som om samtalet blivit obehagligt vände han sig om och plockade upp sin båge. Han reste sig innan hon hann säga något mer och sa att hon skulle äta lite innan hon somnade. Själv tänkte han vakta lägret i natt,

– Gröningarna är för nära nu för att båda ska sova. Han smög iväg innan hon såg tårarna som glittrade i hans ögon. Obarmhärtigt hade hennes ord kastat honom tillbaka till hans egen sorgliga hemlighet. Lisa lade sig bekvämt tillrätta och stirrade intensivt upp mot himlen där månens första lilla skärva lyste klart. Åh, tänk om hon skulle fråga Jan ändå, han var ju så underbar, tänk om hon fick kalla honom pappa, det skulle vara perfekt. Hon somnade med ett litet leende på läpparna, i morgon, då skulle hon fråga.

Väggarna skakade i storstugan när, vad det nu var, kastade sig mot de hastigt reparerade väggarna. Det knakade oroväckande i den mest utsatta väggen men just nu så såg den ut att hålla. Sture, som var en stor älskare av vampyrfilmer, och hade en hel uppsättning med DVD-filmer om olika sorters blodsugande varelser, var nu helt säker på att det inte var någon björn som plågade de instängda byborna i Fjällhöga. Han hade börjat göra vässade pålar av sitt kvastskaft och höll hela tiden ett hafsigt hopsnickrat träkors i närheten av sig. Han var helt övertygad om att vampyrer strök runt i natten och att det var sådana skräckvarelser som nu var närvarande i byn. De yngsta barnen hade dock blivit lite lugnare nu den tredje natten trots allt oljud och de vuxnas uppenbara oro. Barn har en fantastisk förmåga att anpassa sig. Maria, som inte förstod någon svenska alls, var väldig glad över att Sture uppenbarligen vänt sig till Vår Herre för hjälp. Hon hade inte alls förstått hans babblande om vampyrer och blodsugande monster utan bara sett korset han gick runt med och missförstått alltihop. Missförstå det hon såg var något hon skulle göra nästa natt också och då skulle hela hennes trosbild komma att ändras. Det grekiska

125

äldre paret hade hela tiden suttit tysta bakom den bardisk som normalt endast användes under vinterfestivalen. De kände det lite som de hade hittat sin privata lilla fästning. Det fanns bara en smal ingång in bakom disken och Georgi, farbrorn hette så, hade upprepade gånger berättat för sin fru att detta skulle vara deras eget Thermopyle. Han skulle försvara ingången till deras lilla tillhåll, precis som kung Leonidas och hans tappra trehundra en gång gjorde år 480 före Kristus. Hans fru var mycket stolt över honom för det men trodde egentligen inte så mycket på honom. Hon hade nog helt rätt när hon inte trodde att hennes älskade make skulle kunna stoppa en angripare särskilt länge. Han var trots allt över åttio år och disken var ju faktiskt bara en meter och tjugo centimeter hög.

Överlag höll dock den lilla gruppen modet uppe ganska bra, klarade de bara natten så borde de få hjälp nästa dag. Det var dock lite oklart var de fått det hoppet ifrån då ingen utom Byrån och Andersson på station 421 visste något alls om att det fanns odjur i Fjällhöga. Andersson hade förvisso meddelat sin huvudstation att det hände lustiga saker i byn men med tanke på hur illa det var med vårens översvämningar så var det ingen som hade tid att göra något åt det. Fjällhögabornas eventuella räddning låg för närvarande och sov i en liten klippskreva knappt två mil bort tillsammans med en liten flicka och en borstig grå hund. Hade byborna ens anat att det var så deras räddningspatrull såg ut så hade nog deras sista lilla hopp slocknat.

13 Cerberus, Hades hund

Nattens angrepp på den lilla byn var över i och med att morgonsolens första bleka strålar träffade toppen på den lilla kullen som låg mitt i byn. Samma kulle som kallades fyrtornet och där barnen på vintern brukade åka pulka. Precis som tidigare nätter var det när toppen på kullen började lysa i klara färger som de våldsamma smällarna mot fasaden plötsligt upphörde. Maria följde sin nu inarbetade rutin och föll på knä för att prisa och tacka Herren för att han skyddat dem och låtit väggarna hålla genom nattens svåra prövningar. Övriga innevånare i stugan skruvade lika besvärat på sig varje gång. De hade den gemensamma uppfattningen att om Herren kunde göra något alls så var det väl bättre att han plockade bort odjuren än att se till att väggarna höll. Den tillfälligt lagade väggen hade gjort sitt jobb och hållit den lilla vettskrämda gruppen av bybor säker genom ännu en natt. Sture tog åter igen hjälp av Paulo och trots att de inte riktigt förstod varandra så fungerade deras samarbete ganska väl. Väggen förstärktes ytterligare och även dörren som blivit ganska illa åtgången fick ett nytt lager virke, plus lite allt möjligt som det gick att förstärka dörren och väggarna med. Det såg på det hela taget ganska bra ut. Vad de båda inte sett var dock att det lilla gallerförsedda fönster som satt på kortsidan inte längre satt fast. De hade noga undersökt gallret men inte fästet runt själva fönstret. Normalt sett brukar ju fönster i allmänhet sitta fast i den vägg där de en gång blivit monterade. Det här fönstret hade dock fått nog och skulle den sista natten på deras prövning inte klara av att göra sitt jobb. Deras säkra hus hade en allvarlig brist som skulle komma att visa sig nästa natt.

Lisa vaknade tidigt och kände sig fortfarande lite nedstämd. Med en skavande bitterhet mot sig själv ångrade hon att hon öppnat sitt hjärta igårkväll. Varför kunde hon inte bara hålla truten, man behövde inte prata om allt.

– Idiot, din sentimentala idiot, muttrade hon till sig själv. Hon klädde sig tyst och började peta i glöden för att få den lilla elden att spraka upp igen. Hon slängde på ett par vedträn och satt och tittade på när elden växte. Lisa suckade och hoppades att Jan inte skulle vara nedlåtande eller försöka trösta henne. Allt bara för att hon råkat prata om att hon inte hade några föräldrar i går kväll. Det var förvisso den fråga som gnagt inom henne allt oftare nu för tiden men det hade egentligen inget med Jan att göra. Åh, varför hade hon besvärat honom med sina problem. Nu tänkte hon absolut inte fråga om han ville vara hennes pappa, aldrig, inte en chans. Jan stäckte på sig och satte sig lite yrvaket upp. Han blickade lite förvånat upp mot den ljusnande himlen.

– Vi är sena, mumlade han. Hur länge har jag sovit? Han knorrade samtidigt som han sträckte på sig. Det knakade något förskräckligt när han vred och tänjde på kroppen.

– Ungefär två timmar, svarade Lisa, du måste ju sova lite i alla fall. När gick du egentligen och lade dig?

– När solen började synas, mumlade han sömnigt.

– Ah, ok, en timme i så fall, svarade Lisa samtidigt som hon tryckte ner sin sovsäck i ryggsäcken. Hon skakade obemärkt på huvudet, hon var fortfarande trött trots att hon sovit hela natten och han hade bara sovit en liten stund. Hur skulle han orka med den här dagen?

Solen klättrade upp över fjället och förvandlade den blekblå morgonen till en guldgul dag. Solstrålarna gnistrade som diamanter i älven och de gröna träden blänkte av morgondagg. Jan och Lisa hade redan varit på väg en god stund och fortsatte i rask takt med Trumf som vaktande spejare en bit framför dem. De förflyttade sig på samma snabba och vägvinnande sätt som dagen innan och enligt Jan kanske de var tvungna att fortsätta längre än vad som var helt säkert. Han hade bestämt sig för att de skulle komma fram under kvällen även om de var tvungna att förflytta sig i mörker den sista biten.

Sture och Paulo hade under eftermiddagen gått ner till resterna av den bro som före vårflödet sammankopplat byn med resten av världen. Det hade varit en sorglig syn där ett fåtal stockar och en bit vägräcke sträckte sig ner mot det forsande vattnet. Paulo visste inte riktigt vad han såg men Sture förstod mer än väl. När de kom tillbaka in i den förstärkta stugan kunde Sture berätta för gruppen att om inget regn kom under natten så borde det bli tillräckligt lågt vattenstånd i älven för att man skulle kunna ta sig över på resterna av den sönderslagna bron under morgondagen. Han visste mycket väl att det förmodligen skulle krävas minst ett par veckor med klart väder för att det skulle vara möjligt men han hade helt enkelt bestämt sig för att ljuga. Gruppens hopp om att bli räddade verkade vara som bortblåst. Han var beredd att prova vad som helst för att få dem att hålla ut en natt till eller två. Paulo som normalt var lika religiös som sin fru hade det sista dygnet börjat vackla i sin tro. Han ville så intensivt tro att det fanns något, vad som helst, som styrde människornas liv. För närvarande var han dock inte lika säker på vad eller vem han skulle be till. Han lät tills vidare sin fru stå för bönerna och avvaktade någon form av tecken. Han behövde ett tecken som visade vad som var sant och riktigt.

När solen började gå ner och himlen färgades i rött och orange hade den lilla räddningsstyrkan fortfarande ett par timmar kvar innan de skulle nå Fjällhöga. En kort rast hade de kostat på sig men de hade inte gjort någon eld utan ätit lite kall mat innan de lyft sin packning och börjat röra sig igen. Trumf hade, styrd endast med några små handrörelser, sprungit före Jan och Lisa i ett s-format mönster och sökt av området framför dem. Jan hade sin båge strängad när han sprang men pilarna var kvar i kogret. Det var två saker som gjorde deras höga tempo mindre farligt, ett, det var fortfarande ganska ljust och två, Trumfs känsliga näsa som sökte av marken i deras väg långt innan de själva kom dit. De skulle inte bli överrumplade av någon gröning så länge Trumf sniffade av marken framför dem. Lisas ryggsäck skumpade lätt mot hennes korsrygg, den innehöll bara lite mat och hennes vanliga kläder. De hade gjort det här så länge nu så att det kändes som om de alltid sprungit så här. Hon började bli trött i benen men valde att inte klaga. När hon som i en dimma såg på Jans ryggsäck som guppade framför henne så bet hon ihop och hängde på. De skulle inte behöva vila på grund av henne. Så småningom gick kvällen mot natt och solens sista strålar slocknade. De drog ner på tempot och tog sig fram med större försiktighet. Jan hade plockat fram en av sina långa pilar och höll den mot stocken. Han var lite fundersam på hur långt han skulle låta Lisa få följa med. Hon skulle definitivt inte få följa med ända fram till byn. Han tänkte inte lura med henne ut i mörkret för att tampas med en gröning.

132

Nix pix, inte en chans, hon skulle bli kvar i lägret, helst uppe i ett stabilt träd.

Mörkret gjorde det allt svårare för dem att förflytta sig i någon högre fart så de gick efter varandra i en lugn och stadig takt. Långsamt vandrade de på helspänn allt närmare nattens ofattbara fasor. Sista gången de stannade så tog Jan upp en liten ficklampa och studerade sina kartor. Det var ganska enkelt att orientera sig då de fortfarande bara hade att följa älven. Gjorde de bara det så var byn omöjlig att missa ens i totalt mörker. Jan rynkade på pannan när han såg att de fortfarande hade ungefär en timme kvar, kanske lite mer. Han såg lite fundersam ut när han sa att här skulle deras första jaktlinje gå. Lisa stirrade oförstående på honom i mörkret, hon tvekade ett ögonblick till innan hon frågade:

– Linje? Vilken linje? Vad är det för linje som ska gå här?

– När jag och Trumf går in mot byn så är det viktigt att inte gröningen lyckas smita ut den här vägen, vi vet ju att den brukar röra sig åt det här hållet, förklarade han. Du får stanna här och bevaka den här linjen. Skulle den rackarns gröningen smita förbi oss blir det ditt jobb att fälla den. Det är en mycket, mycket viktig uppgift, tillade han lite överdrivet.

Hade Lisa fortfarande varit ett barn så hade hon kanske trott honom men hon var tretton år (hon hade faktiskt redan fyllt fjorton men det visste varken hon eller Jan) och tonåring. Hon misstänkte direkt att det var något lurt. Han ville säkert bara gömma henne på någon säker plats så att hon inte skulle vara i vägen. Hennes misstankar stärktes när han sa:

– Om du gömmer dig högt uppe i ett träd så klarar du lätt att överraska den.

Slutsatsen var klar för henne, han ville bli av med henne så att han skulle slippa oroa sig. Det kan han glömma, tänkte hon. Hon tänkte inte missa den spännande avslutningen på den här långa vandringen. Hon ville se när Jan fällde det där kärrtrollet. Fanken, hon hade ju inte ens sett en gröning än. Nej, hon tänkte följa med om hon så skulle få smyga efter när de andra gått iväg.

Jan lämnade all mat som var kvar och tände upp en mycket större eld än vad de brukade. All packning som inte var rustning eller vapen lämnade han kvar. Det skulle ge Lisa en möjlighet att klara sig tillbaka om han inte lyckades med nattens uppdrag. Han hade varit med alldeles för länge för att tro att man fick en andra chans om man strulade till det med ett kärrtroll. Misslyckades man så blev man trollkäk, så enkelt var det. Han hade redan sagt hej då och att hon skulle vara försiktig. Han hade noga förklarat att hon bara skulle röra sig på dagen om han inte kom tillbaka. Han ändrade sig snabbt när han såg hennes förfärade min och sa att han naturligtvis skulle komma tillbaka.

– Ska bara ta hand om den där lilla busen först, fyllde han i med betydligt käckare röst än vad som var trovärdigt, och pekade över axeln mot byn.

– Mm, var försiktig du också, mumlade hon samtidigt som hon petade lite ointresserat i elden med en pinne.

Hade hon vetat vad för slags troll som Jan var på väg att möta så hade hon förmodligen varit utom sig av oro. Nu hade hon under sina två år som lärling bara fått vara med om jakter på hasselbackstroll och de rackarna sprang så fort de upptäckte en jägare. Lisa hade med andra ord inte en aning om hur otroligt farlig den här jakten skulle komma att bli. För henne var det här det stora äventyret och hon visste precis vad hon skulle göra. Hon skulle följa efter så fort Trumf och Jan försvunnit ur sikte. Det var inte svårt att hitta fram, bara att följa älven nedströms. Hon tänkte som sagt inte missa finalen av det här äventyret.

När en halvtimma gått knäppte hon sina spännen till rustningen och rättade till svärden för att sedan försiktigt följa efter. Vinden låg rakt i ansiktet så det fanns ingen chans att Trumfs känsliga näsa skulle kunna märka att hon tassade efter dem i mörkret. Hon hann inte mer än hundra meter innan hon såg något som blänkte i ett träd bredvid stigen, något som fångade de sista flyende strålarna från hennes fortfarande brinnande lägereld. Det var ett litet hjärta av guld med någon form av blåskimrande sten i mitten. Det hängde i en tunn guldkedja mitt ute i skogen. Hon stannade och stirrade förundrat på det lilla smycket, hur i hela fridens namn hade det hamnat här mitt ute i ingenstans? När hon lät fingret glida över den lilla stenen så kände hon att trots att den var hård som sten var den samtidigt len som sammet. Den var väldigt vacker. Hon bestämde sig för att plocka med sig smycket. Hon kunde fråga Jan vad de skulle göra med det när de var klara med det här uppdraget. Först tänkte hon stoppa det i fickan men satte det sedan som av en ingivelse runt sin hals. Det passade bra ihop med hennes guldglänsande rustning. Hon fortsatte leende nerför stigen och förutom att hon nynnade lite tyst för sig själv så rörde hon sig helt ljudlöst.

Jan hade lämnat lägret men kom efter en liten stund på att han glömt att ge Lisa sin mest värdefulla ägodel, ett litet smycke som en gång i tiden köptes åt någon annan men som han aldrig skulle få chansen att ge det till. Han hade länge tänkt att ge det till Lisa men det hade alltid kommit något annat i vägen. Han tog upp det lilla smycket som han förvarat i en liten sammetspåse längst ner i pilkogret, det hade legat där i över tretton år som en lyckoamulett i väntan på att han skulle träffa den det en gång köptes till.

Han hade nu gett upp hoppet om att det skulle hända. Det var hans stora sorg i livet, något som han alltid burit inom sig. Inte ens lilla Lisa, lilla, söta, perfekta, Lisa visste något. Han vägde den lilla påsen i handen, log lite för sig själv och hängde upp det lilla smycket i ett träd invid stigen. Han hoppades att hon skulle lyda och stanna i lägret men var ganska säker på att hon skulle följa efter honom. Med tanke på hur uppmärksam hon var så skulle hon nog se smycket när hon passerade. Såg hon det lilla hjärtat så borde hon förstå att hon var avslöjad och återvända till lägret. Det var med en känsla av lättnad han fortsatte. Det viktigaste för honom just nu var att Lisa var säker. Han vände sig om och såg lite sorgset på smycket och önskade att Lisa var den som han köpt det till från första början. Han fick genast dåligt samvete av att han tänkte så. Han vände sig åter om och började smygande som en katt gå mot vad som mycket väl kunde vara hans sista uppdrag i livet.

Fjällhögas allt mer desperata innevånare var lite förvånade av att inget ännu hade hänt utanför deras stuga. De senaste tre kvällarna hade det klösts och rivits i väggarna så fort det blivit mörkt men nu var det fortfarande lugnt.

– Jag tror de är lite sena i kväll, viskade Georgi men blev genast hyschad av sin fru.

Hon var övertygad om att talade man om odjuren så skulle de dyka upp. Det var ingen annan som svarade honom för han hade sagt det på grekiska. De två var på det hela taget ganska ensamma i rummet om att tala det språket. Natten fortsatte utan att något hände och det verkade som om den lilla gruppen skulle få en lugn natt och kanske till och med lite sömn som omväxling. De slappnade långsamt av och här och där hördes snart lätta snarkningar.

Jan nådde utkanten av byn ett par timmar innan det första bleka morgonljuset skulle visa sig. Han tänkte först ta sig upp på den lilla kullen mitt i byn. Han ångrade sig ganska fort och valde istället att följa älven nedströms för att hela tiden ha ryggen fri. Kullen var bra om man ville se över hela byn men det fanns ingen säker väg ner om man var tvungen att fly. Risken fanns att han skulle bli fast uppe på kullen om det var som han misstänkte. Trumf hade redan innan Jan nått utkanten av byn försvunnit in bland husen och vidare ut på andra sidan, han följde gårdagens spår och försvann likt en blixt ut i skogen igen. Hans jobb var att hitta vilken väg odjuret tog sig in i byn. Jan skulle sedan kunna ställa sig på en bra plats för att säkert fälla odjuret med en av sina vassa pilar. Den känsliga näsan jobbade för högtryck men det var så många olika spår så han fick ingen riktig ordning på det. Han flackade av och an utan att riktigt förstå sig på spåret.

När natten nästan var slut och en första tunn grå strimma syntes vid horisonten så brakade det plötsligt till i storstugans väggar. Något slet och rev i kortsidans vägg. Det var den väggen som fått mest stryk under de gångna nätterna men som åter igen klarade att stå i mot attackerna. Med hårda dunsar kastade sig något mot väggen gång på gång utan att väggen gav vika. Det verkade som om den skulle hålla ytterligare en natt. Plötsligt och utan förvarning lossnade det lilla fönstret som satt i kortväggen. Det bara föll ut trots att odjuret inte ens rört det. Det skramlade till när fönster, foder och galler ramlade i marken och lämnade en öppen glugg efter sig i väggen.

Det blev ett ögonblicks tystnad utanför, nästan som om odjuret blivit lite förvånat. Det tog några sekunder, plötsligt tryckte sig två vidriga huvuden in i det hålet som nu fanns i väggen. Under dessa två förskräckliga huvuden trycker sig ett tredje huvud in. Det var nu så trångt att det såg ut som ett djur med tre huvuden. Det var tur för Fjällhögas innevånare att kärrtroll inte är särskilt intelligenta. Ett odjur hade nog med lite vilja kommit in genom det lilla hålet men inte tre samtidigt. Georgi stirrade med vilt uppspärrade ögon över bardisken. Han var den förste som lyckades säga någonting alls, han viskade halvhögt:

– Kerberos, Kerberos!

Den djupt religiösa Maria satt på knä och bad förtvivlat med knäppta händer. Hon vände på huvudet och såg med öppen mun och stirrande blick på Georgi. Genom sin egen vettlösa skräck uppfattade hon vad han sagt och spärrade upp ögonen. Något tveksamt vände hon tillbaka blicken och för att titta närmare på monstret. Först reagerade hennes kropp med krampaktig skräck, sedan höjdes hennes ögonbryn i ren och skär förvåning. Med en förfärad min slog hon händerna för munnen och mumlade för sig själv:

– Cerberus, det är Cerberus, Hades hund.

Det var i exakt det ögonblicket hennes något förvirrade hjärna bestämde sig för att blixtsnabbt byta tro. (För den som har lite svårt med gammal mytologi så kan det krävas en liten förklaring. I den grekiska mytologin fanns ett dödsrike där guden Hades regerade. Han hade i sin tur en stor hund med tre huvuden som vaktade ingången åt honom. Den hundens namn var Kerberos, och eftersom man i Rom, dagens Italien, kopierade de grekiska gudarna men gav dem andra namn så hette den Cerberus i Italien.) Övriga i stugan lät mer som ett kollektivt brandlarm när deras lungor tömdes på luft i ett gemensamt skrik av fasa. De flesta insåg nog redan nu att slutet var nära, utom möjligtvis Sture som än så länge bara insett att det nog inte var vampyrer trots allt.

14 Möte med gudarna

Jan hade naturligtvis hört tumultet på andra sidan av de två prydliga raderna av hyrstugor. Han började hukande och med en pil fäst vid bågsträngen att förflytta sig smygande in mot den lilla byns mitt. Han smög runt hörnet av vad som tidigare förmodligen varit en fin timrad stuga, nu var den inte alls lika fin längre utan såg ut som om något barn byggt den på en fikarast. Det satt plankor och grenar uppspikade överallt på väggen. Han kunde inte låta bli att snegla på väggarna då och då, de såg egendomliga ut i det svaga ljuset. Det som för ett ögonblick gjorde Jan ofokuserad var ett cykelställ som satt fastspikat tvärs över den stora ingången. Det var inte så mycket att det satt högt uppe på väggen utan vad i hela friden skulle någon ha ett cykelställ till här ute? Vem ägde ens en cykel här mitt ute i ingenstans? Han skakade besvärat av sig känslan av förvåning och fortsatte sitt tysta smygande.

Han vred sig långsamt och försiktigt runt det sista hörnet. Där såg han en syn som trots att han snart skulle fira sitt tvåhundrade år på Byrån var något som han aldrig sett eller ens hört talas om.

– Aj, aj, aj, mumlade han när han förvånat såg bakdelarna på tre kärrtroll.

De korkade odjuren försökte samtidigt och utan att lämna plats åt varandra att komma åt människorna innanför de rejält lagade väggarna.

Han drog åt sig strängen på bågen och lät först pilen gå. Träffen hördes tydligt och en av de vedervärdiga varelserna föll ur fönsterhålet och drog ihop sig som en boll. Han drog snabbt upp en ny pil ur kogret och började spänna bågen på nytt, men han var för nära, alldeles för nära. Jan var känd inom Byrån för att han var snabb med att spänna sin båge men odjuren var ännu snabbare. Så fort den första besten föll vände sig de andra två mot det nya matpaketet som plötsligt uppenbarat sig precis bredvid dem. Den större av de två tog ett snabbt skutt och slog ut med sin ena framlabb, även den träffen hördes tydligt och ekade mellan stugorna. Jan hade bara hunnit spänna bågen till hälften när det första vidriga kärrtrollet brakade in i honom och den pil som han försökt få iväg for harmlöst snurrande rakt upp i luften. När de tre huvudena plötsligt försvann ur hålet där fönstret en gång suttit såg Maria rakt ut i det grå morgondiset och häpnade över vad hon såg. Det verkade som om någon angripit Cererbus och huggit av honom ett huvud men sedan fått problem. Hon låg fortfarande kvar i krampaktig skräck på golvet så hon såg bara lite då och då av vad som hände. Cerberus verkade ha slagit den ädle krigaren till marken och nu verkade han vara illa ute. Maria var trots att hon var en aning virrig inte någon dumskalle, hon förstod att den krigare som nu stred ute på gården var deras enda hopp. För första gången i sitt liv valde hon att sända sina böner åt ett helt annat håll än vad hon tidigare gjort:

– Snälla rädda oss, pep hon, Jupiter rädda oss. Hon var nu helt säker på att det var Hercules som stred mot Cerberus ute på gårdsplanen och Hercules skulle behöva hjälp.

Jan försökte rulla undan för att komma åt sitt svärd men ytterligare ett rejält slag fick honom att fara i väg över marken som ett garnnystan framför en kattunge. Kroppen skrek av smärta när han tumlade över marken. Han gav inte upp, en trolljägare fick aldrig ge upp men han visste att hans chanser var små. Bågen var borta, allt han hade var svärdet och inte ens mot en av dessa vidriga bestar skulle han ha någon stor chans med bara ett svärd. Hans största möjlighet var att hålla sig vid liv så länge att ljuset blev för starkt och odjuren drog sig tillbaka. Med hela sin viljestyrka rullade han runt och kom upp på fötter. Han rättade till sin hjälm samtidigt som han drog sitt stora blänkande svärd. För ett ögonblick var han åter i balans innan han fick en ny smäll och åter sändes i väg på en lång flygtur. Han slog ner med ett brak, det lät som om någon släppt ett gäng kastruller i marken. Utan sin kraftiga rustning hade han varit förlorad för länge sedan.

Trumf hade sökt längst en kant av en liten damm i närheten när
han fick upp ett tydligt spår. Det illaluktande spåret ledde rakt mot
byn. Det var ett kraftigt luktspår så han hade inga som helst
problem att följa det. Halvspringande med nosen i marken följde
han spåret. När ett högt skramlande ljud från byn nådde honom
släppte han det dock och började springa så fort han kunde. Han
sprang rakt mot den plats som det slamrande ljudet kommit ifrån.
Han hade hört det ljudet förut och det betydde att husse var i fara.
När en av bestarna för första gången faktiskt tänkte ta sig ett
smakprov av Jan kom en grå pälsboll flygande längst marken. Med
sina kraftiga tänder högg Trumf in i den fula bestens ben och med
en djup morrning började han rycka och slita. Det illaluktande
trollet avbröt sina försök att rycka loss en arm från Jans
mörbultade kropp och blängde med sina plirande ögon på den
morrande hunden. Normalt hade ett kärrtroll utan att blinka helt
enkelt ätit upp hunden. Nu, när det fanns det så mycket godare mat
i närheten så knixade den bara till med benet. En knixning som
gjorde att Trumf flög i väg i en vid båge. Han landade med en
smäll flera meter bort och reste sig inte igen. Den tappra hundens
ögon var slutna och tungan hängde slappt ut ur den öppna munnen.
Trumf hade dock köpt husse tillräckligt med tid för att Jan åter
skulle komma på fötter och göra sig beredd för nästa anfall. De
fula bestarna hade för tillfället helt tappat intresset för den kurande

lilla gruppen inne i huset. Likt snabba ödlor cirklade de runt Jan som i sin tur parerade deras utfall med blixtrande rörelser. Det var vassa tänder och kloförsedda labbar överallt. De rev och slet i hans rustning gång på gång. Han försökte parera och hoppa undan och parera igen. Varje steg upp mot kullens topp var en framgång. Långsamt backade han uppåt, ett steg i taget. Solen snuddade de vinterbruna grässtrånas översta vippor, de lyste likt vita små lampor i det bleka ljuset högst upp på kullens topp. Där, i ljuset uppe på toppen skulle han få en liten fördel bara han kunde ta sig dit. Ett snabbt utfall mot den närmsta besten och sedan ett litet hopp bakåt. Han jobbade sig långsamt uppåt, mot ljuset. Det hade kanske fungerat om det bara varit ett troll men nu var det två. Hans blixtrande utfall tvingade den större av bestarna att hoppa undan men då han för ett ögonblick var i obalans slog den andra till. Han var tränad för att kunna ta emot en rejäl smäll och ändå kunna fortsätta att strida men nu var han oförberedd. Istället för att rulla ihop sig och mjukt rulla några varv innan han kunde ställa sig upp igen for han nu iväg som en trasdocka. Han landade med ett brak och även om han bar en rustning som var gjord av de bästa rustmästarna i världen och hade en väl fungerande hjälm (den som Lisa tyckte var skitful) så började det bli för mycket. Rustningen höll och hjälmen också, men mannen innanför började nu gå sönder.

När han skramlande slog i marken så hade han sinnesnärvaro nog att krampaktigt hålla kvar i svärdshandtaget. Han såg noga till att inte få det under sig när han tumlade i marken. När han väl han fått rätsida på vad som var upp och ner så försökte han ställa sig upp men någonting var fel. Hela hans kropp gjorde ont men från vänstra benet kom en skriande smärta och det ville inte lyda honom. Han satt på knä när bestarna för sista gången anföll honom och kunde helt enkelt inte komma upp. De vidriga illaluktande bestarna blev kanske lite oförsiktiga i och med att Jan var slagen till marken. När de såg att han inte reste sig blev de som galna. Som på en given signal kastade de sig över honom med öppna käftar fulla med vassa tänder. Det såg ut som om de båda dräglande bestarna tävlade om vem som skulle ta första tuggan ur Jans sargade kropp. Han hade fortfarande sitt svärd och i den lilla fickan en decimeter från spetsen satt fortfarande den lilla sotade ek-kvisten. Med sina sista krafter slog han ut med klingan mot den något mindre av de båda bestarna som var oförsiktig nog att för ett ögonblick titta åt sidan samtidigt som den sprang rakt in i honom. Odjuret drog, precis som det första trollet Jan skjutit med pilen, ihop sig till en boll och blev stilla.

Med en fasansfull känsla av maktlöshet kände Jan hur svärdet gled ur hans hand när den vidriga besten klappade ihop sina käftar och drog ihop sig. Svärdet hade fastnat och stack ut som en tandpetare i en oliv ur den mer eller mindre runda boll som trollet förvandlats till. Den största av bestarna nådde fram till honom bara ett ögonblick senare och gav honom ett rungande slag med sin ena framlabb. Även denna gång höll rustningen men för Jan inne i den var det på det hela taget över.

Smällen han fick av den stora besten kastade honom runt så att han inte längre hade det vidriga odjuret framför sig. Han var plötsligt vänd mot kullens topp där solljuset nu gnistrade i morgondaggens små droppar. Han var obeväpnad med undantag för sin dolk men det var en helt vanlig dolk utan ek-kvist. Att sticka en vanlig dolk i ett troll var ungefär lika effektivt som att blänga ilsket på det. Odjuret verkade för ett ögonblick störas av det allt skarpare ljuset och gjorde ett kort uppehåll i sina attacker. Jan lyckades ta sig upp på knä och hans grumliga blick sökte sig uppåt mot kullens topp. Ett guldgult ljus som verkade sänka sig från toppen bländade honom. Han förstod att hans sista stund var kommen. Jans sista tankar innan mörkrets kalla värld slukade honom handlade om Lisa. Han önskade så intensivt att hon förstått piken och stannat kvar i lägret. Byborna kunde han inte längre rädda, och inte sig själv heller. Men hade han bara lite tur så hade han lyckats hålla lilla, rara, Lisa borta från den här farliga platsen. Någon särdeles tur hade han dock inte i det fallet. Han vände ansiktet uppåt mot den allt ljusare himlen och tog ett djupt andetag samtidigt som en pust hördes bakom honom och den förde med sig en vidrig stank.

Maria hade varit den enda av de i stugan instängda byborna som lyckats komma ur sin förlamande skräck. Med en blandning av nyfikenhet och uppriktig vördnad hade hon krupit fram till det lilla hålet i väggen och stirrat ut. Hon såg inte så bra i halvmörkret utanför men hon såg i alla fall att den vidriga besten fortfarande hade sina kvarvarande två huvuden i behåll. Den svartklädda Hercules, det måste vara Hercules, blev gång på gång slagen till marken av den vidriga besten men ställde sig upp varje gång för att återigen ta upp kampen. Hon stirrade som förhäxad på den tappre hjälten som med ett förtvivlat mod kämpade mot mörkrets vidriga makter.

– Jupiter hjälp honom, mumlade hon om och om igen, med hårt knäppta händer.

Hon kunde inte se exakt vad som hände men det verkade som om den svartklädda hjälten nästan var slagen och låg ner. Hon såg när det andra huvudet föll och blev som till en sten på marken. Det var inte alls så det hela utspelade sig i verkligheten, men nu var Maria en gång för alla en Trygg och då ser man inte det man ser utan det man tror man ser. Maria trodde hon såg en ny saga ur Odyssén

149

utspelas framför henne. (Här kan det behövas ytterligare en förklaring, Odyssén är en samling berättelser från den grekiska mytologin och handlar om en resa där hjälten möter en massa olika odjur och måste överlista eller slå ner dem en efter en.)

Lisa hade smugit efter Jan och Trumf i mer än en timma. Det hade inte varit svårt men hon hade då och då funderat på om det här var en särskilt bra idé. När träden plötsligt tog slut låg den lilla prydlig semesterbyn framför henne i det bleka månljuset. Träden lämnade långa skuggor som låg som räta linjer över husen. Hon blev lite tveksam vart hon nu skulle ta vägen, Jan verkade ha fortsatt längst älven och gått i en halvcirkel runt byn. Då borde han vara på andra sidan. Hm, tänkte hon. Skulle hon inte bli upptäckt så borde hon vara kvar på den här sidan, men härifrån såg hon ju inget om det skulle hända något. En liten bit in mot byns mitt låg en liten kulle, dess mjuka kontur syntes tydligt i det bleka ljuset, och därifrån skulle hon se allt som hände nedanför. Kunde hon bara ta sig dit utan att bli upptäckt så skulle hon kunna ligga platt på toppen och ändå se över hela byn. Hon valde en väg som inte lystes upp av månskenet och klättrade försiktigt upp till toppen där årsgammalt gräs fortfarande delvis stod upp trots att det legat mycket snö under vintern. Det var perfekt, om hon låg ner så kunde hon kika fram mellan grästuvorna utan att Jan skulle kunna se henne. Lisa hade inte glömt varför de var här men av någon anledning var hon mer orolig för att bli upptäckt av Jan än att hon skulle bli upptäckt av ett kärrtroll. Hon var mest rädd för att han skulle bli besviken på att hon inte stannat i lägret som han hade sagt att hon skulle göra. Lisa tänkte att när Jan skjutit gröningen och allt var klart så skulle hon försiktigt smyga in i skogen igen och hinna tillbaka innan han upptäckte att hon varit borta. Hon ville bara inte missa upplösningen på det här äventyret.

Hon låg på mage i gräset och tittade ut över dalen med den lilla byn rakt nedanför. Bruset från den vita skummande älven lät så högt i den stilla natten att det var nästan omöjligt att höra något annat. Natten var lugn och Lisa hade för länge sedan tappat intresset för vad som hände nere i den tysta byn, eller hon hade tappat intresset för att det inte hände något, ska man kanske säga. Hon låg och vakendrömde, hennes tankar hoppade lite hit och dit utan att riktigt få fäste någonstans. Skulle hon våga visa Jan brevet från hennes pappa och kanske be honom om hjälp. Han skulle säkert inte säga nej om hon bad honom att försöka hitta någon ledtråd genom brevet. Hon hade hållit så hårt i sitt brev. Det hade varit hennes enda hopp så länge hon kunde minnas, det enda beviset på att någon faktiskt älskat henne. Enligt brevet hade ju någon faktiskt längtat efter att få träffa henne. Hon blev alltid lite ledsen när hon kom in på de tankarna, men någon måste ju velat ha henne annars skaffade man väl inte barn, eller? Tankarna hoppade vidare, Jan var snäll, faktiskt jättesnäll, och han måste ju tycka om henne i alla fall. Hon hade redan efter något år tillsammans med honom velat fråga om det var ok att hon kallade honom för pappa men hon hade inte vågat. Han hade ju inga egna barn och kanske han inte ville vara någons pappa. Ville man inte vara en förälder så var det väl naturligt att man inte skaffade några barn? Varför hängde det ett litet guldhjärta bredvid stigen långt inne i skogen? Vem hade hängt det där för att sedan lämna det? Tänk om Jan skulle säga åt henne att hänga tillbaka det, skulle hon kanske gömma smycket och inte visa honom det? Hon tyckte det var alldeles för fint för att hänga övergivet i ett träd.

Hon rullade försiktigt över på rygg och tittade på stjärnorna som svävade som små ljusprickar över henne. Hon tröttnade aldrig att titta upp mot stjärnorna. Någonstans, tänkte hon, tittade hennes mamma och pappa på samma stjärnor. Den mamman och pappan som inte ville ha henne som dotter. Tankarna återvände till Jan, han skulle nog vara värdens bästa pappa om hon bara vågade fråga honom. Åh, allt var så krångligt.

Stjärnorna som tidigare lyst så klart över henne började slockna en efter en allt efter som himlen blev ljusare. Hon gäspade sömnigt och sträckte på sig, hur länge hade hon legat här egentligen?

När hon rullat runt igen och lagt sig på mage såg hon gryningens första grå strimma låg längst horisonten och solen skulle snart komma upp. Hon kontrollerade att alla pilar satt i kogret och att strängen till bågen låg i fickan innan hon försiktigt började dra sig baklänges tillbaka ner mot skogen. Solen skulle snart komma upp och den lilla kullens topp var nog den första plats som solstrålarna skulle träffa. Hon var tvungen att hinna tillbaka till lägret innan Jan kom dit. Efter vad han berättat så skulle ett kärrtroll försvinna ner i någon liten sjö eller i ett litet kärr så fort solen visade sig. Hon var rätt säker på att kärrtrollet redan börjat gå tillbaka till vilken liten sjö det nu sov i på dagarna. När hon ljudlöst tagit sig ner för kullen så var det redan ett svagt grått ljus runt henne och hon hukade sig för att inte synas i siluett i morgondiset. Hon hade precis hunnit in i skogskanten när allt brakade loss och det blev ett himla liv inne i byn. Först snodde hon runt och drog en pil från kogret. När den väl låg på bågen så upptäckte hon att hon fortfarande inte strängat den. Med en smäll slog hon ner pilen i marken så att den satt kvar och tog fram bågsträngen. Stränga sin båge hade hon gjort så ofta att det kunde hon göra i sömnen. När hon ryckt upp pilen och hukande tagit sig tillbaka upp mot kullens topp så hörde hon ett ljud. Det var ett ljud som hon hört hundratals gånger och kände igen direkt. En snärtig smäll som om någon slagit hårt på alla strängar på en gitarr samtidigt för att sedan hålla kvar handen över dom. Ljudet kom från Jans kraftiga båge. Hade hon inte hört det ljudet hade hon förmodligen kontrollerat sin pil efter att den stuckits i marken. Nu blev hon distraherad och lite stressad av att hon trodde att hon missade allt ihop. Mellan skären på den vassa pilen fanns det ett litet utrymme men nu satt det inte längre någon liten sotad ek-kvist där, den hade lossnat när hon tryckte ner pilen i marken. Hon fortsatte springande uppför den lilla kullens sluttning. När hon närmade sig toppen måste hon lägga sig ner för att åla sig fram. Solens första strålar lekte redan på de högsta grässtrånas toppar. Hon borde ha tagit en mörk jacka eller något över rustningen, tusan. Solen skulle snart komma att skina på henne och hela hon var som en stor glitterspegel. Han skulle se henne, det var hon säker på. Hon drog i den lilla ringen vid halsen så att hennes huva for upp med ett lätt klingande ljud. Huvan var vit med gyllene ringar precis som resten av hennes rustning och reflekterade ljuset precis lika bra. Nu var det inget hon tänkte på, hon ville bara att hennes ansikte skulle komma i skugga så att Jan inte skulle se henne. Lite tveksamt kikade hon upp över krönet när det plötsligt lät som om någon släppt en hel famn full med kastruller i marken. Hon lyfte huvudet lite högre för att se bättre. Det hon såg fick henne först att stelna som om hon frusit till is för att sedan få hennes kropp att reagera utan att hon tänkte. Inte ett utan två troll kastade sig över Jan och han satt på marken och verkade vara skadad på något vis. Hon tryckte sig upp från marken samtidigt som hon spände bågen, allt i en mjuk men blixtrande snabb rörelse. När strängen nått örat släppte hon utan att sikta, hon kunde känna att pilen låg i målet. Den for som ett mörkt streck mot de reptilsnabba gröngrå varelserna. Med en duns slog pilen in i sidan på den något mindre av bestarna. Lisa såg hur pilen träffade men också att varelsen vände sitt fula huvud mot henne. Jan lyckades då sticka odjuret med sitt svärd och den rullade ihop sig som en boll. De fungerar inte, tänkte hon förfärat, pilarna fungerar inte.

Det andra odjuret gav Jan en smäll som ekade mellan husen och han slängdes runt. Hon såg honom sitta på knä med ansiktet mot himlen samtidigt som den vidriga slemhögen till gröning avvaktande närmade sig honom bakifrån. Den gav Jan ytterligare en smäll med sin ena kloförsedda labb och Jan tumlade runt. Han blev liggande på rygg i det fuktiga gräset, helt stilla. Den vidriga besten stod lutad över hans livlösa kropp och verkade försöka bestämma vilken bit som skulle smaka bäst.

– Neeeej!

Hennes isande, desperata skrik rullade över dalen och studsade fram och tillbaka mellan fjällsidorna . Hon kom beslutsamt upp på fötter. Stående i dagens första solstrålar drog hon sina svärd och hjälpt av nerförslutet fick hon upp en fart som fick det att se ut som att hon flög nerför backen. Med ett frustande som av förvåning plirade det sista trollet upp och såg henne komma rusande, eller det gjorde det inte! Hennes gyllene ringar som satt tätt i hennes rustning reflekterade solens strålar så odjuret såg bara ett starkt ljussken komma emot sig. Det tog ett tveksamt steg tillbaka. Lisa var inte medveten om det men hon var den första människa som någonsin fått ett kärrtroll att tveka. De är hiskliga odjur som inte är rädda för något och ser allt som rör sig som en del av deras meny. Normalt sett tvekar de aldrig. När hon närmade sig trollet och kommit ner en bit från toppen hamnade hon dock i skugga och odjuret såg henne klart för första gången. Ett kärrtroll är ett av de snabbaste trollen av alla, slaget endast av sydamerikansk skugglöpare. När det upptäckte att det var något ätligt som kom emot sig slog det ut med ena labben och försökte fånga det. Lisa tog ett skutt innan hon kommit fram till trollet och sköt ifrån med ena foten från en lite större sten. Hon rullade ihop sig som en boll i luften och gjorde en volt. Hennes första tanke var att slå neråt med svärdet när hon passerade över trollet. Hon hann

dock inte slå slaget innan hon själv träffades av en kraftig smäll.
Hon hade tur, smällen tog i baken så hon fick en liten extraskjuts
och landade nere vid det närmaste lilla husets ena hörn. Med ett
frasande ljud sladdade hon med fötterna i gruset när hon bromsade.
Det tog bara ett ögonblick innan hon stod redo och beredd för
nästa attack. Den vidriga besten var redan på väg efter henne med
käften öppen så att de vassa tänderna syntes i det dreglande gapet.
Hon höll fortfarande i sina båda svärd, dels det större som är
försett med en liten sotad ek-kvist och dels det lilla, den första
gåva hon någonsin fått. När besten satte fart lade Lisa huvudet lite
på sned ett ögonblick för att sedan fullkomligt explodera. Hon
sprintade mot ena husväggen och tog sats. Med ett enda hopp mot
väggen av huset tog hon sig högt upp i luften samtidigt som hon
sträckte sitt stora svärd framför sig. Hon höll det utsträckt som en
lans. Svärdet var riktad mot bestens bröst för att spetsa kräket när
de möttes. Kärrtrollet använde sig av sina reptilsnabba reflexer och
gav svärdet en sådan smäll att det slogs ur Lisas grepp. Det for
snurrande iväg med ett sjungande ljud och landade skramlande
långt ute på ängen. Det fanns inte en chans att hon skulle nå det
igen, inte så länge striden varade. Lisa såg hur odjuret slog ut med
sin framlabb och släppte greppet om sitt stora svärd. Med en mjuk
rörelse lät hon kroppen följa med klingan och vred hon kroppen i
luften och slog ett svepande slag med sitt lilla svärd, den som

enligt Jan var en bäbisklinga, och skiljde bestens illaluktande kropp från dess minst lika illaluktande huvud. När hon vigt som en katt landat och genast krupit ihop för ett nytt utfall om det skulle behövas såg hon att det var över. Allt var plötsligt tyst runt henne och det enda som hördes var forsens brusande ljud.

Solen hade under den korta striden nått ner till den plats där Jan låg tillsynes livlös i det våta gräset. När han färdades från det svarta, kalla och kunde se det första gyllene ljuset så häpnade han först. En gestalt svävade framför honom. Han ögon var ofokuserade men en gestalt omgiven av ett gyllene skimmer syntes. Ett ansikte som fick hans ögon att tåras, visst var det hon, det lockiga gyllenbruna håret, de varma hasselnötsbruna ögonen, den lilla uppnäsan och de busiga fräknarna som brukade irritera henne så. *Evelina, du är här*, ville han säga men det kom inga ord. Han fylldes av glädje, oro och vemod på samma gång. Glädje för att han äntligen fick träffa sin älskade igen, var hon här så hade hon ju inte lämnat honom frivilligt utan ryckts ifrån honom. Oro för om hans lilla dotter också kanske var här. Vemod för att han inte visste om han ville att den lilla skulle vara här eller inte. Han ville så gärna träffa den lilla men han ville också att hon först skulle få ett långt och lyckligt liv. Evelina böjde sig försiktigt över honom.

– Jan, sa hon ömt, Jan, hör du mig? Hon viskade tvivlande när hon upprepade sina frågor.

Först tyst och tveksamt, som om hon inte riktigt kunde tro att det var sant, sedan allt högre och med mer desperation i rösten. Hon ropade till honom med en allt högre röst. Hon vaggade fram och tillbaka och började att skrika som besatt,

– Snälla, nej, nej, snälla.

Hon började gråta med en desperat förtvivlan i rösten och började slå på hans bröst.

– JAAAN!

Hennes skrik var snyftande och rösten var fylld av smärta:

– Snälla lämna mig inte ensam igen. Snälla, snälla, snälla. Hon vaggade fram och åter där hon satt bredvid honom. Hennes vackra ansikte var förvridet av förtvivlan och sorg.

Hon slog på hans bröst och skrek om och om igen. Han förstod ingenting, varför var hon så upprörd? Han var ju här nu, han vill ta hennes vackra ansikte i sina händer och förklara men han orkade inte röra sig över huvud taget. Evelina kastade sig på hans bröst och snyftade,

– Pappa, snälla, snälla, hennes ansikte trycks mot hans bröst när hon snyftande bönade, pappa lämna mig inte, snälla.

Hela hennes kropp skakade i snyftningar som om hon fått ett krampanfall. Hennes små händer slog på hans brynjeklädda bröst och trots att slagen var harmlösa så gjorde de rejält ont. Ont? Varför gjorde det ont? Vad var det här? Borde inte smärtan vara borta nu? Varför hade han ont precis överallt? När man var död borde man väl lämnat smärtan bakom sig? Långsamt började hans ögon återfå fokus och han såg Lisa snyftande och rödgråten ligga och hålla om hans väl bepansrade men synnerligen blåslagna bröst. Hans röst var svag och hes när han lyckades få ur sig,

– Lisa, hej.

Med en kraftansträngning lyfte han skakande sina mörbultade armar och höll om henne. Hennes lilla kropp skakade i okontrollerade snyftningar.

– Så, så, försökte han. Lilla gumman det är ingen fara, jag har bara vilat lite.

Länge blev de liggande i morgonsolen i den lilla slutningen och han höll om henne hela tiden tills hon efter en lång stund lyckades lugna ner sig. Det lilla hjärtformade smycket hängde ner från hennes hals och fick honom att le. Hans mun log men i ögonen syntes en glimt av sorg.

Han hade väldigt ont i hela kroppen och samtidigt som han tröstade sin upprörda lilla lärling så funderade han på om han lyckats bryta vartenda ben i hela kroppen? Det kändes som han hade gjort det i alla fall.

Maria hade sett hela slutstriden och drog naturligtvis helt fel slutsatser. Hon hade bett att Jupiter skulle beskydda dem (För er som inte är så bra på romersk mytologi så är det han som är Zeus i den grekiska, bossarnas boss så att säga.) och hon hade själv sett hur Diana, jaktens gudinna, plötsligt uppenbarat sig i ett magiskt sken uppe på byns lilla pulkabacke för att sedan helt ljudlöst flyga ner och dräpt besten. Hon hade tydligt sett hur Diana först skjutit bestens ena huvud. Sedan hade hon med ett svärd avslutat det hela genom att flyga runt besten och hugga av det sista huvudet uppifrån.

Hennes man kröp försiktigt fram till henne och frågade om det var säkert nu? Hon svarade glädjestrålande att naturligtvis var det säkert, de stod nu under ett heligt beskydd. Den mäktige Jupiter hade svarat på hennes böner.

Den gamla grekiska mannen Georgi, öppnade försiktigt den till stora delar sönderslagna dörren och blev minst lika betagen som Maria av det han såg. Han stod kvar i dörröppningen och stirrade med vördnad i blicken på Lisa. Han såg henne där hon satt bredvid den fortfarande lika smärtfyllt ömmande Jan, och såg Artemis, den grekiska varianten av jaktens gudinna. Han tog några försiktiga steg ut i solljuset och sjönk sedan ner på knä, med hög stämma började han tacka gudinnan Artemis för deras gudomliga räddning.

Från fönstergluggen hördes Marias upprörda stämma klämma in ett *Diana*, som för att rätta honom. Han sneglade surt åt hennes håll ett ögonblick, innan han fortsatte att tacka Artemis för att hon räddat dem från Hades vedervärdiga best till hund.

Lisa som var utbildad på Byrån för onormala händelsers skola kunde tala både grekiska och italienska flytande. Hon rynkade pannan i förvåning men i den upprörda stämning som var omkring henne just då sa hon bara:

– Varsågoda, vill ni vara så snälla att hjälpa till här?

15 Smärta och tokstollar

Jan hade med hjälp av Sture och Paulo burits in i en av de lediga
små hyrstugorna där han försiktigt klätts av och bäddats ner.
Birgitte, som arbetade som skolsköterska på en mellanstadieskola i
Köpenhamn hade med hjälp av det ganska välförsedda apoteket i
byns lilla livsmedelsbutik lyckats förbinda de flesta sår och
stukade leder på honom. Han såg mer eller mindre ut som en
mumie. Över hans ögon hade hon lagt ett par kraftigt tillskurna
gurkskivor, han höll på att få två rejäla blåtiror. Hon klarade dock
inte av att få hans vänstra knä tillrätta, det hade gått ur led. Sture
och Paulo fick återigen kallas in för att dra det till rätta. Jan hade
inte sagt ett knyst utan bara bitit ihop och blivit vit i ansiktet under
tiden de höll på. Han hade ont överallt så ett ställe till kunde inte
göra så stor skillnad. Trumf som också blivit illa åtgången när han
försökt rädda husse låg vid Jans fötter och tyckte synd om både sig
själv och husse. Någon, förmodligen Anna, hade gett honom ett
tuggben från butikens lilla djuravdelning. Just nu var han inte
särskilt sugen på att tugga på det. Han hade väldigt ont i käkarna.

Det som störde Jan mest var den tokiga italienska kvinnan som
hela tiden skulle knäböja vid hans säng och tacka honom för deras

heliga räddning. När han till slut fick nog hade han på sitt gamla buttra sätt bett henne fara dit pepparn växer. Hon hade snörpt på munnen och sagt att det kanske inte var en hantlangare som honom hon skulle offra sin tid och sina böner på. Med en fnysning hade hon vänt tvärt och med klapprande klackar marscherat ut ur stugan. Maria hade sedan, mumlandes diverse påhittade böner, sprungit efter Lisa i två hela dagar. Lisa, som dels var lite blyg när hon fick sådan här uppmärksamhet och dels var betydligt snällare mot andra människor än vad Jan någonsin varit, lät henne hållas. När hon tyckte det blev lite för jobbigt drog hon bara i den lilla ringen vid halsen så att huvan fälldes upp med ett ryck. På så sätt fick hon i alla fall lite privat utrymme. Det blev allt vanligare att man såg henne gå med huvan uppfälld. Ja, både hon och Jan fick vackert gå omkring i sina rustningar så länge de var kvar i byn. Deras vanliga kläder låg ju en mil norr ut, inne i skogen vid deras sista läger.

På den tredje dagen efter den stora räddningsoperationen hade Jan lindat sitt knä och med hjälp av en käpp börjat gå lite. Hans ansikte förvreds varje gång han lade vikt på det skadade benet men han envisades och fortsatte. Lisa var i närheten hela tiden och stöttade honom så mycket hon kunde. Trumf haltade efter de båda, han såg nästan lika lidande ut som husse. Hade det inte varit för att det

varit en så allvarlig händelse som gjort att de båda var halta så
hade det nästan sett lite roligt ut. Husse och hund, båda halta och
båda mörbultade. När Jan till slut med mycket hjälp, och väldigt
mycket envishet, kommit till den plats där han legat tre dagar
tidigare tittade han sig fundersamt omkring. Det troll som Lisa
huggit huvudet av hade precis som de två övriga dragit ihop sig så
att det såg ut som en grå, slät sten. Huvudet däremot såg ut ungefär
som när det suttit mellan axlarna på det vidriga odjuret men blivit
förstenat på precis samma sätt som kroppen. Jan hade börjat förstå
att det där huvudet skulle kunna bli ett problem. Den tokiga
italienskan hade sprungit runt och babblat en massa konstigheter.
Hon hade lagt beslag på det förstenade huvudet och satt det på en
hög påle som en varning till andra odjur. Enligt henne så var nu
denna by skyddad av heliga väsen och då skulle inga andra bestar
göra sig något besvär. När Jan stod där i det ljusa vårlandskapet så
såg han plötsligt att hans svärd fortfarande stack upp ur en av de
sten-liknande bollarna. Han suckade trött och muttrade:

– Skit också, det kommer att bli ett elände att få loss det där.

Lisa såg lite oförstående på honom och sa:

– Vadå? Det är väl bara att rycka ut?

Han rufsade om hennes bruna kalufs och skrattade lite innan han
grimaserade och ångrade sig, det gjorde väldigt ont att skratta med
en hel uppsättning brutna revben.

– Nej, började han, det är inte bara att dra ut. Senaste gången ett svärd fastnade i ett troll efter det dött och dragit ihop sig blev det ett elände, Det var i England för länge sedan och när de Trygga fick se svärdet så började de genast att dra igång en massa konstiga rykten. Enligt de Trygga så skulle den som fick loss svärdet bli kung av England.

– Du har väl hört historien om kung Arthur och svärdet i stenen? frågade han, med ett höjt ögonbryn.

– Det var så där det började, sa han och nickade mot sitt svärd.

Jan hade frågat Sture om alla som bott i byn var inräknade eller om det saknades någon. Han hade i första hand tänkt på den spyboll de hittat i skogen dagen innan de nådde byn. Sture hade svarat att förvisso var de en mindre nu än innan det hela började, men att säga att Clark saknades var att ta i. Det var nog ingen som skulle sakna den mannen. Jan hade för ett ögonblick tittat lite oförstående på honom men hade sedan ryckt på axlarna för att genast ångra att han gjort just så, det gjorde ont att rycka på axlarna med. Han vände sig muttrande om för att sedan halta ner till sin tilldelade stuga igen. Bakom honom tassade Maria och mumlade böner samtidigt som hon försökte kasta vad som såg ut som röda sönderrivna lappar framför honom, hon hade inte lyckats få tag i rosenblad. Han himlade med ögonen och suckade ljudligt.

Fyra dagar efter den historiska jakten där tre kärrtroll samtidigt fällts började soldater från före detta Kungliga Ing.1, numera bara Ing.1, att sätta upp en tillfällig bro över älven. När bron väl var på plats körde två grå lastbilar över, sedan spärrades bron av igen. Män i vita dräkter hindrade alla andra att komma över. Byn var för tillfället satt i karantän. Man hade sagt på radion att det fanns risk för rabies i byn och att ingen fick komma i närheten innan Statens veterinärmedicinska anstalt kontrollerat de döda djuren. Det stod mycket riktigt SVA med vita bokstäver på bilarnas sidor men det var en helt annan statlig myndighet som ägde dem.

Någon timme senare var de tre förstenade, före detta kärrtrollen, lastade på lastbilarna och väl övertäckta så att ingen Trygg skulle kunnat se dem. Ett av de förstenade odjuren skulle dessutom hela vägen till Andalusien. Det var kadavret med Jans svärd som skulle åka den långa vägen till Byråns smedja. Det fanns helt enkelt ingen annan än mästersmederna långt under de Andalusiska bergen som kunde knacka loss Jans svärd ur det stenliknande kadavret. Ett problem var att det förstenade huvudet plötslig var försvunnet. Hur man än letade i byn så fanns det inte någonstans. Bilarna fick återvända utan det avhuggna huvudet.

När till sist alla spår av odjuren var borta så var det dags för de enda som fortfarande påminde om händelsen att avlägsna sig.

Trumf hade de satt in i en av lastbilarna så han skulle slippa gå hela vägen tillbaka. Den stackars hunden kved varje gång han försökte resa sig. Han skulle raka vägen till en veterinär. Jan och Lisa var tvungna att gå tillbaka samma väg som de kommit. Det var egentligen ingen som tvingade dem, men Jan hade envist sagt att han skulle minsann inte åka bil och låta Lisa gå hela vägen själv. Det fanns inte ett enda skäl i världen för Jan att gå men han ville vara där den lilla var. Jan var alldeles för sönderslagen och mörbultad för att kunna bära nästan något alls. Förutom att han hade flera brutna revben och ett illa åtgånget knä hade han också två rejäla blåtiror. Lisa hade med ett medlidsamt leende sagt att han såg ut som en tvättbjörn. Han stödde sig på en käpp och grimaserade varje gång han var tvungen att lägga någon vikt på sitt skadade ben.

Första milen fram till deras gamla läger gick ganska bra men väldigt långsamt. Jan var helt slut när de väl kom fram. De tände upp sin gamla lägereld och lagade till lite kvällsmat. Jan lutade sig försiktigt tillbaka mot en mossbeklädd gammal stubbe. Han suckade djupt och sa:

– Du, det finns verkligen en hel del konstiga typer i den här världen. Jag har nog aldrig träffat en märkligare kvinna.

Det var naturligtvis Maria han talade om.

16 Brevet

När de packat sina saker den andra dagen på sin vandring mot bilen ville Jan först få hjälp att få på sig sin stora tunga ryggsäck. Lisa protesterade inte men hon bad honom att föra armarna bakåt så att hon kunde trä remmarna över hans armar. Han blev vit i ansiktet av att försöka men var inte ens i närheten av att lyckas få ryggsäcken på sig. Lisa tog helt enkelt och hängde den över sin egen. Det såg lite roligt ut när de kom gående, Jan som fortfarande hade sin rustning på sig men i övrigt inte bar någonting alls och bredvid honom lilla Lisa som mer såg ut som en packåsna än som en lärling till en trolljägare.

I en veckas tid gick de långsamt mot bilen, Jan sammanbitet och haltande och Lisa fundersamt och tystlåtet. Nu hade det nog inte spelat någon större roll om Lisa pratat på inne bland all packning, Jan hade inte hört henne i alla fall. Man kunde bara se hur Lisa då och då kikade upp från packningen med ett oroligt ögonkast. Hon var inte alls glad över att Jan skulle gå så långt med alla sina skador. Han var helt slut varje kväll, smärtan tog musten ur honom och det var bara hans envishet som gjorde att han kunde hålla samma tempo som Lisa. Han var en stolt man och tänkte inte bli ifrånsprungen av en liten flicka som dessutom bar så mycket packning att man bara såg ett par ben av henne.

Det var oftast ganska tyst runt lägerelden när de väl hade stannat. Jan var helt slut varje gång och somnade nästan alltid så fort de ätit. Lisa plockade fram sitt brev redan första kvällen när de stannat men hon visste inte riktigt vad hon sedan ville göra med det. När Jan somnat satt hon och vände och vred på det. Hon behövde inte läsa det för att veta vad det stod, hon kunde det utantill. På kuvertets utsida stod det, *Till min älskade, Skogstorpsstigen 2, Skogsgården.*

Brevet löd:

Tack för att du skrev min älskade, och tack för att du givit mig den störst av gåvor. Jag kan nästan inte vänta på att få träffa henne. Har du tid att skriva något mer brev så säg mig gärna om hon är lik dig eller mig. Jag hoppas verkligen att hon är lik dig, då blir hon den vackraste i världen. Det här jobbet jag är på drar tyvärr ut på tiden och jag kommer förmodligen inte hem ännu på någon månad. Jag saknar dig verkligen och kan knappt vänta. Hur mår du och hur mår vår dotter? Gick allt bra? Har hon alla fingrar och tår?

Brevet fortsatte med diverse frågor om allt möjligt blandat med kärleksförklaringar. Det avslutades med, *Älskar er för alltid. Pappa.*

Lisa hade alltid varit lite irriterad av att det inte stod ett enda namn vare sig på kuvertet eller i brevet, men hon tyckte om tonen i det, det fanns mycket kärlek där. Brevet hade blivit lite fuktigt när det legat i hennes packning men bläcket hade inte smetats ut. Hon vände på det och såg sitt namn, det var slarvigt skrivet snett över baksidan av kuvertet, som om någon skrivit det i en hast. Skulle hon fråga om han kunde hjälpa henne eller bara låta det vara? Hon kikade över elden på Jan och log lite när hon såg att han sov. Hon stoppade ner brevet i väskan igen. Någon annan gång, tänkte hon, jag frågar någon annan gång.

Deras fortsatta vandring gick bara hälften så fort som när de gått åt andra hållet. Deras mat hade tagit slut när de hade runt två dagars vandring kvar. Lisa hade sett till att fånga lite fisk när Jan hade sovit, de följde ju älven hela tiden så hittade hon någon lugn håla så var hon inte sen med att försöka. När de skulle äta kvällsmat den dagen hade Jan vaknat och förvånats över att få färsk, grillad öring och inte den vanliga torrmaten. Han hade delat fisken i två halvor och gett Lisa den ena. Hon tyckte att det hade varit den mysigaste kvällen på hela det här äventyret.

På förmiddagen dagen efter mötte de ett yngre par som var på väg ut på en fjällvandring. Den unga kvinnan hade olika färger i håret och ring i näsan. Hela sitt liv hade hon på så många sätt som möjligt försökt synas och sticka ut i mängden. Hon stirrade storögt på Jan när de passerade, kom ihåg att han förutom att han var svart runt ögonen också hade sin stora svarta rustning på sig, det är klart att folk tittar. Den unga kvinnan som var av rebellisk natur blev helt betagen av vad hon såg. Nu var hon ju en Trygg så det hon såg och det som var verkligt var inte riktigt samma sak. Hon såg inte en ståtlig och modig riddare av trolljägarordern som räknades som en av de bästa inom Byrån för ovanliga händelser. Hon såg en frän rebell som inte lät omgivningen bestämma hur han skulle se ut. Hans urhäftiga svarta rock med stora metallplattor, de coola kängorna med nitar och en läcker tröja som såg ut att vara i metall. Dessutom hade han målat sig svart under ögonen. Hela hans uppenbarelse fick henne att inse att hennes egen klädsel var rätt tam och inte alls så rebellisk som hon önskat. Hon vände sig om och såg länge och längtansfullt efter honom. Han var förmodligen den häftigaste man hon någonsin sett. När hon senare kom hem till New York efter den vandring som hennes tillfällige pojkvän tvingat ut henne på så försökte hon kopiera den tuffe mystiske rebellens stil. Ganska snart gick hon runt med svarta kläder och dramatiskt svartsminkat ansikte. Det var stålbitar och läder lite överallt på hennes utstyrsel. Hon färgade håret kolsvart och hade slagit nitar i sina högskaftade kängor. Hennes kompisar kopierade i sin tur henne och ganska snart började ett nytt mode sprida sig bland ungdomarna världen över. Det svarta GOTH-modet var fött.

Sista kvällen framför den sista lägerelden för den här resan plockade Lisa fram sitt brev igen. Hon vände det fram och tillbaka i handen och sneglade på den sovande Jan. Hon vred lite till på det och tänkte, varför ska jag jaga efter någon jag inte känner? Ingen kommer någonsin vara som en pappa på ett så bra sätt som Jan. Fanns det bara skuggan av en chans att han skulle låta henne kalla honom pappa så behövde hon faktiskt inte någon annan. Hon funderade vidare, tänk om det var så att den som skrivit brevet faktiskt letade efter henne. Hon fortsatte sitt funderade, vore det ett svek av henne att inte försöka hitta den som skrivit? Vore det ett svek att inte leta? Varför skulle det vara det? Hade han haft någon önskan att träffa henne så borde han hittat henne vid det här laget. Hon stirrade suddigt på brevet innan hon funderade åt ett annat håll. Vore det ett svek emot Jan att leta efter hennes riktiga pappa? Det var ju trots allt han som tog hand om henne nu. Med tårfyllda ögonen skakade hon till när hon bestämde sig. Med en plötslig rörelse kastade hon brevet på elden, nu skulle hon sluta hoppas, sluta att tro att det fanns någon som faktiskt älskade henne. Hennes längtan att någon gång få träffa sina föräldrar begravdes här och nu. Hon snyftade till när hon såg att lågorna började slicka kuvertets fuktiga papper.

Jan som för första gången under den här vandringen faktiskt inte var helt slut utan mer och mer började känna sig som en människa igen. Ja, istället för som den slagpåse han känt sig som tidigare. Han hade faktiskt inte somnat utan låg bara och blundande samtidigt som han försökte hitta en ställning som inte gjorde så ont. Han låg och försökte förstå hur i hela friden han hade kunnat ge sig ut på den här vandringen när han egentligen bara behövt sätta sig i en bil och få skjuts hela vägen till sin egen bil. Hur i hela fridens namn hade han tänkt där? Han log lite för sig själv, han visste svaret, han ville vara där den lilla var. Du är allt bra svag för den lilla, tänkte han och log för sig själv igen. Han hörde hur Lisa plötsligt snyftade till och lyfte lite på huvudet för att se vad som stod på? Han såg henne sitta med uppdragna knän och ett sorgset uttryck i ansiktet. Hon stirrade som besatt på ett papper som låg mitt i eldstaden. Jan misstolkade det han såg och trodde att hon tappat pappret av misstag. Med en lätt handrörelse snappade han upp brevet ur elden och reste sig för att ge henne det igen. Han stönade när hans ömma, stela muskler protesterade men han ställde sig trots det upp och gick runt elden. När han höll fram brevet mot henne så backade hon som om hon blev rädd. Förvånat såg han först på Lisa och sedan ner på brevet.

– Vad är det? Va…

Hans mun blev plötsligt stum, han fick inte fram ett ord. Lisa hade börjat snyfta hysteriskt där hon satt på marken och plötsligt kände hon sig väldigt liten. Det var inte meningen han skulle se det, eller var det? Hon visste inte. Hon ville verkligen inte såra honom. Jan stirrade på det skrynkliga brevet som om han aldrig sett ett brev förut. Hans ansikte förvreds i vad som verkade vara svår smärta eller sorg när han stirrade på brevet. Med skärpa i rösten, nästan som han var arg frågade han:

– Var har du fått det här ifrån? Hur kan du ha det här? Han stirrade med mörka, nästan svarta ögon på henne. Hans intensiva blick skrämde henne, han såg smått galen ut.
Hon grät, tårarna rullade nerför hennes kinder när hon hulkade fram:

– Det var ju det där jag pratade om. Det var inte meningen att du skulle se det. Jag hade haft det sedan jag var liten och att det är det enda jag har efter mina föräldrar. Min pappa skrev det till min mamma när jag föddes, snyftade hon och gömde sitt ansikte i händerna. Bakom sin ridå av skyddande händer snyftade hon,

– Det var inte meningen att du skulle se det, Förlåt. Hon skakade i hela kroppen när hon hulkande fram det sista.

Hon var livrädd att Jan skulle bli ledsen. Han skulle säkert tro att hon letade efter sina föräldrar för att hon inte tyckte att han var bra nog. Hon hade ju inte ens vågat fråga så hur skulle han veta hur hennes tankar gått? Hon drog upp knäna och tryckte ansiktet hårt mot sina händer och snyftade så hela hon skakade. Hon tittade hastigt upp när hon hörde ett brak och såg att Jan plötsligt satt ner och som förhäxad stirrade tvivlande på henne.

– Det är du, sa han med en flämtande viskning, kan det verkligen vara du?

Lisa förstod just då ingenting, ja hon förstod att hon var hon, men inte mycket av det övriga. Hon försökte släta över det hela med att säga,

– Jag vill inte hitta min pappa längre, jag har dig nu och du är mycket mer pappa för mig än någon jag aldrig träffat.

Hon skrek snyftande ut orden.

– Jag ska sluta leta, det var därför jag skulle bränna brevet, jag behöver det inte längre. Det var inte meningen att du skulle se det, förlåt, sa hon igen.

Hon var helt uppriven och tårar och snor blandades när hon försökte torka sig i ansiktet, hon såg inte riktigt klok ut. När hon sneglade på Jan så såg hon att han också grät, han skakade som om han hade ont. Han höll brevet med båda händerna hårt mot bröstet och hade krupit ihop så att han satt framåtlutad. Med en känsla av att hon hade gjort den enda människa som brydde sig om henne illa reagerade hon utan att tänka. Hon kröp fram till Jan för att lägga sina armar om honom.

– Förlåt, sade hon igen. Du är den bästa pappan jag någonsin skulle kunna ha. Jag tänker inte leta efter min riktiga pappa längre, snälla förlåt. Snyftande håller hon hårt om hans ena arm.

Jan tog ett djupt andetag och blir plötsligt helt lugn. Han såg henne rakt i ögonen och sa plötsligt ord hon kände igen,

" Tack min äskade för att du skrev och tack för att du givit mig den största av gåvor."

Nu var det Lisas tur att stirra mållös och se som förhäxad ut. En ilsken blick tändes i hennes tidigare så sorgsna ögon när hon anklagande skrek:

– Har du läst mitt brev? Det är inte rätt, DU har ingen rätt, det är mitt!

Hon skrek samtidigt som hon började storgråta igen. Jan tog ett djupt andetag, såg henne fortfarande rakt i ögonen och sa med sin lugna, mörka röst:

– Nej Lisa, jag har inte läst ditt brev, han tystnade en lång stund innan han fortsatte, det är jag som har skrivit det. Tiden stannade plötsligt för Lisa, hörde hon rätt? Kunde drömmen redan vara uppfylld utan att hon ens vetat om det? Inte kunde väl världens snällaste och modigaste man vara hennes riktiga pappa? Hon lyfte upp sitt rödgråtna lilla ansikte från gömstället vid knäna och stirrade på honom med både förvåning och tvivel i blicken.

– Pappa? På riktigt, är det sant? Är det du som är min riktiga pappa? Frågade hon så tyst så att det nästan inte hördes över eldens sprakande samtidigt som hennes ansikte fick ett konstigt tvivlande utseende. Så började hon långsamt skina upp i det största av leenden.

Med ett språng for hon rakt in i hans famn och klamrade sig fast. Jans revben skrek i protest och smärtan strålade ut i varenda cell i hans kropp men det spelade ingen roll. Det här var den bästa dagen i hela hans liv.

Epilog

Händelserna i byn Fjällhöga skulle få konsekvenser av olika grad för samtliga inblandade.

För Birgitte och hennes två flickor så fick det lite olika följder. Birgitte själv hade varit så hysteriskt livrädd att hon suttit mitt i stugan och inte sett någonting av de dramatiska händelserna som utspelades omkring henne. Hon hade utan att tveka köpt den officiella förklaringen om att det var en sjuk björn som orsakat dem så mycket bekymmer. Hennes äldsta dotter, Anna, fick ett intensivt intresse för mode och hon gick ganska snart runt i en vit skinnjacka som hon hade sytt fast samtliga sina guldfärgade stassringar på. Det såg lite lustigt ut men hon hade tyckt att Lisa varit skithäftig så hon gjorde vad hon kunde för att se lika cool ut. Hon skulle så småningom bli en av Danmarks bästa kläddesigner. Hennes klädmärke skulle alltid kännetecknas av att de hade massor med gyllene detaljer.

Sture köpte också förklaringen om att det var en sjuk björn, det var ju dessutom han som sagt det från början, så det var en förklaring han anammade med lite av stolthet. Han var trots det lite orolig över att han eventuellt hade missat något. Han hade förstått att det förmodligen var hans fantasi som gjort att han inte insett att det var en sjuk björn hela tiden. Han tänkte inte låta det hända igen. Den största förändringen för honom var att han slängde hela sin samling av Draculafilmer. Man fick så konstiga fantasier av sådana filmer.

Georgi och hans fru hade en klar uppfattning av vad de sett. De var inte sena med att försöka få sin omgivning att förstå att de sett Kerberos komma lös och att de nästan blivit uppätna av honom. Det var när den mäktiga Artemis stigit ner från skyn i ett gyllene skimmer och snabbt kommit till deras räddning som de hade förstått att de var välsignade. Hade de levt i en större by hade säkert deras historier fått större spridning. Nu sågs deras berättelser mest som rolig underhållning på byns enda lilla pub.

Maria och Paulo var en helt annan historia. På den italienska ön Asinara stod det stora marmortemplet klart på dagen fem år efter de dramatiska händelserna upp i Fjällhöga. Det var ett gigantiskt tempel med marmorbågar som täckte sidorna och pelare som höll upp det stora tunga stentaket. Mitt i lokalen stod en fyra meter hög staty, gjord av den finaste marmorn, föreställande gudinnan Diana. Den visade henne stående i rustning full med ringar. Hon stod med en huva uppfälld och ansiktet lite dolt. På hennes rygg satt ett stort och ett mindre svärd och i ena handen höll hon en pilbåge. Den var slående lik en viss Lisa Jäspersson men det kunde ju inte italienarna veta någonting om. Statyn stod uppe på en rund marmorplattform som var en meter hög. På golvet runt statyn var det öppna ytor där troende kunde gå runt och skicka sina böner till den heliga jägargudinnan. Runt väggarna fanns målningar som visade hur Hercules stred mot och till slut besegrade Hades hund, men det var åt Diana templet var helgat. Det var ju trots allt hon som kommit till Hercules hjälp den där gången när gudarna lyssnat på Marias förtvivlade böner. Den stora tempelbyggnaden låg mitt i ett fantastiskt område omgivet av låga murar. Mellan olivträd och cypresser gick marmorsatta gångar i raka linjer. En enorm marmortrappa sträckte sig längs hela framsidan av byggnaden. I morgonljuset lyste hela det väldiga marmorkomplexet i rött och rosa när himlens färger speglades i den vita stenen. Klockan sju på morgonen kunde man varje dag se översteprästinnan komma ut på trappen och slå tre slag på en stor gonggong. Tre slag, ett för vart och ett av de huvuden som Diana huggit av.

Översteprästinnan var klädd i en vit dräkt med huva och den var täckt av gyllene detaljer. Det var mer eller mindre en kopia av Lisas rustning. Hon blänkte som ett smycke där hon stod i morgonsolen.

Maria blickade ut över trädgården efter att hon slagit på den stora gonggongen. Hon log när hon såg sin stora församling komma gående mot templet och höjde stolt huvudet. Hon hade fått uppleva något fantastiskt och hade med sina levande berättelser lyckats återuppliva de gamla gudarna från Roms storhetstid. Hennes tempel hade redan tusentals donatorer, så pengar var inget som helst problem. När man bestämde sig för att bygga ett tempel till Dianas ära så var det bara att börja bygga. Dessutom byggde man en mindre by runt templet. De troende var ju tvungna att ha någonstans att bo. De hade helt enkelt köpt den obebodda ön och byggt allt från grunden. Paulo som krattade den fina grusgången framför templet såg henne stå på trappan av marmor. Hans hustru var verkligen vacker där hon stod och över henne, högst upp över ingången, satt Cerberus vedervärdiga huvud som en varning till andra odjur att det här huset vaktades av Diana, jaktens mäktiga gudinna.

För Jan och Lisa blev det en himlastormande upplevelse. Jan var för första gången på fjorton år en lycklig man. Han hade återförenats med sin dotter som han trott att han förlorat för så länge sedan. Det var som en dröm när han insett att den finaste flicka han någonsin träffat faktiskt var hans egen dotter. Han var trots all lycka, fortfarande en butter man när det gällde alla andra och han hade redan börjat slänga misstänksamma blickar på traktens pojkar som var i Lisas ålder. Det var nog bäst för dem att de höll sig borta, ett tag till i alla fall. Lisa var bara lycklig. Hon hade en pappa, och det var världens bästa pappa. Faktiskt den enda person i världen hon ville ha som pappa. Hon hade inte kunnat önska sig något mer.

När Byrån hade sin årliga genomgång av vad som hänt under året så samlades samtliga jägare från hela Europa i den lilla salen på huvudkontoret i Andalusien. Till skillnad från lilla aulan i Stockholm så var lilla salen i Andalusien stor som en balsal. Jägare som utmärkt sig under året fick olika priser eller dekorerades med diverse medaljer. Det var två personer som fick stående ovationer för sina handlingar det året. Den ena var en veteran, och den nu mest dekorerade trolljägaren i hela Byrån. Han tilldelades Trolljägarorden av guld. Det var den högsta utmärkelse som en jägare kunde få. Ja, en trolljägare i alla fall. Drakjägarorden i guld var ännu finare men den hade ingen fått på sjuhundra år. Det var dessutom en medalj som bara tilldelades drakjägare. Han var den första jägaren som fällt två kärrtroll under en och samma drabbning i hela Byråns historia. Den andra som fick stående ovationer var en liten lärling som inte bara dräpt sitt första kärrtroll utan också räddat sin lärare och en hel by från kärrtrollets ohyggliga vrede.

Hon blev tilldelad Hederskransen i guld, den högsta utmärkelse som en lärling någonsin fått. När Drottning Elizabeth II av England, ja det är hon som är högsta hönset inom Byrån för ovanliga händelser, avslutade prisutdelningen så höll hon ett bländande tal som avslutades med.

– Det är inte vanligt att någon som bara är fjorton år kan ses som värdig att bära en jägares börda, men nu, här i denna sal sitter det en sådan. När vi har en person med sådana utmärkta resultat så tidigt under sin utbildning så måste jag rekommendera att hon från och med nu får börja dricka drakbrygd. Ingen inom Byrån hade någonsin fått börja dricka den hemliga brygden innan de fyllt tjugofem år. Lisa tittade på Jan och strålade av lycka. Jan såg också lycklig ut men han hade nu fått en liten orolig rynka mellan ögonen. Hade drottningen precis meddelat honom att han skulle ha en tonåring i huset i femtio år? Gissa om Jan tänkte fuska med den ordern.

Ps. Den här berättelsen om en enastående lärlings första år är enbart tryckt för Vidsynta inom Byrån för ovanliga händelser. Om någon Trygg av en händelse skulle läsa det här är det naturligtvis bara en saga. Ds.

Författarens tack.

Det är många som på något sätt är delaktiga i den här bokens uppkomst och som jag gärna vill tacka. I första hand de som på olika sätt hjälpt mig men även de personer som fått låna ut sina personlighetsdrag till karaktärerna i boken.

Den viktigaste för mig är min dotter Linda, utan henne hade den här boken inte blivit till. Hon har hela tiden varit min klippa att vända mig till.

En annan som är oumbärlig är Ingrid som tagit min något bristfälliga svenska under sina vingar och rättat till de flesta av mina fel och brister. Tack även till Monica som fixade den kontakten.

Tack även till samtliga mina testläsare som gett mig både synpunkter och råd. Sist men inte minst, tack till mina vänner som utan att de själva fått reda på det lånat ut lite av sin personlighet till mina huvudkaraktärer.

Till er alla, ett stort tack.

Håkan Borg